DIE INSELBAUERN

ODER DIE LEUTE AUF HEMSOE

AUGUST STRINDBERG

Einleitung

Das Inselmeer von Stockholm, die »Schären«, aus welcher Gegend ich Scenerien und Motive für dieses Buch geholt habe, hat immer eine besondere Anziehungskraft auf mich ausgeübt. Vielleicht weil meine engere Heimat, Stockholm und Umgebung, selbst einen Teil dieser Schären bildet. Der Mälar war ja ursprünglich ein Meeresarm, der durch die Wasserläufe bei Södra Telje und Stocksund bei Stockholm in Verbindung mit dem Meere stand; die Kettenschäre, der jetzige Ritterholm, erinnerte ja durch ihren Namen an ihre älteste Natur, die einer Schäre; wie man noch bei einer Fahrt durch den Mälar mit seinen Tausenden von Inseln und Holmen an die Landschaft erinnert wird, die, eine Mischung von Land und Wasser, östlich von der schwedischen Hauptstadt sich etwa sieben Meilen ins Meer hinaus erstreckt.

Dieser ganze zerrissene Küstenstrich ruht zum allergrößten Teil auf der Urformation: Gneis, Granit und Eisenerzen; von den letzten hat man nur die von Utö reich genug gefunden, um sie zu bearbeiten. Die Granitvarietät Pegmatit tritt zuweilen in so großen Mengen aus, daß sie des Feldspats wegen gewonnen wird, den die Porzellanfabriken benutzen.

Die Abwesenheit der jüngeren Formationen, mit ihren horizontalen Lagerungen in hellen, leichten Farbentönen, verleiht der Schärenlandschaft diesen Zug von Wildheit und Düsterkeit, der die Urformation begleitet. Die Landschaftskontur wird durch die losgerissenen, rohen, unregelmäßigen Blöcke kamm- und wogenförmig auf den Höhen; flach, höckerig, holperig, wo das Meer seine Schleifarbeit ausgeführt hat. Die partielle Schieferhaltigkeit des Gneises setzt auch die Strandklippen so der Sprengarbeit des Eises aus, daß Grotten, Höhlungen und tiefe Spalten das Wilde des Landschaftscharakters steigern; der wird dadurch niemals einförmig wie die Kalk- oder Sandsteinfalaises der französischen Nordküste.

Diese Wildheit wird jedoch jäh unterbrochen durch die reiche Erde von der Quartärperiode mit Moränenschutt und Glaciallehm, Schneckensand, Mooshumus und Tangverwandlungen; deren Fruchtbarkeit wird oft durch Abfall von den Großfischzügen der Jahrtausende, die reichen Schlamm auf den Versandungen bilden, und draußen auf den Kobben durch den Guano der Seevögel vermehrt. Auf dieser Erdschicht wachsen Kiefer und Fichte, obwohl die Gotik der Fichte der Natur den inneren Schären ihren mehr hervortretenden Charakter verleiht, während die Kiefer abgehärteter ist und ganz weit hinaus bis an den Meeresrand geht, sich auf den letzten Klippen nach dem am meisten herrschenden Wind drehend.

In den Niederungen wird der Wiesenboden besonders prachtvoll durch Anschlämmungen und Salzwasser, und die natürliche Wiese bietet eine reiche Blumenflora mit allen wilden Prachtpflanzen des mittleren Schwedens, von denen vielleicht die Orchideen und die Mehlprimel die vornehmsten sind. An den Ufern leuchten Lythrum und Lysimachia, in den Wäldern wächst die Blaubeere, auf den offenen Felsenplatten die Preiselbeere, und in den Mooren ist die Multbeere nicht selten. Tiefliegende Inseln mit besserem Boden nehmen durch den Reichtum an Laubbäumen und Büschen einen besonders lächelnden Charakter an. Die Eiche belebt hier mit ihren weichen Linien und ihrem sehr hellen Laub die Nadelholzlandschaft. Und der Hag, diese Eigentümlichkeit des Nordens, eine Kreuzung von Wald, Unterholz und Wiese, ist vielleicht das Lieblichste, das man sehen kann, wenn unter einer Mischung von Birke und Nadelbaum die Haselbüsche eine Laube über dem Fahrweg bilden; er trägt hier den Namen »Drog«. Es sind Stücke eines englischen Parks, durch die man spaziert, bis man auf die Strandklippe mit ihren Fichten und Kiefern stößt, auf Torfmoos und die Sandniederlage der Meeresbucht mit ihrem Tanggürtel. Schiebt sich eine Bucht weiter ins Land hinein, ist sie immer von Erlen und reichen Schilfbänken schön eingefaßt.

Diese Abwechslung von Düsterm und Lächelndem, von Ärmlichem und Reichem, von Lieblichem und Wildem, vom Binnenland und Meeresküste macht Schwedens östliches

Inselmeer so fesselnd. Dazu kommt, daß die meist steinigen Ufer das Wasser rein und durchsichtig halten; auch wo der Sand ins Meer hinausgeht, ist er so schwer und so rein, daß ein Badender sich nicht zu ekeln braucht, wie an der französischen Nordküste, wo ein Meerbad ein Schlammbad ist. Man entgeht hier den meisten Nachteilen des offenen Meeres und genießt die meisten Vorteile des Binnenlandes; ein Vorzug, den das östliche Inselmeer vor der zerklüfteten öden Westküste hat.

Die wilde Tierwelt weist keine Raubtiere beunruhigender Natur auf. Fuchs, Luchs, Hermelin sind die grimmigsten. Glänzende Jagdgelegenheiten bietet der Elch, der hierher geflüchtet ist und in den Sümpfen und Wäldern der größern Inseln sein Standquartier aufgeschlagen hat. Dachs, Hase, Otter, Seehund lassen auch ihr Fell, und die Hasenjagd auf der Bischofsinsel ist berühmt.

Von den Vögeln des Waldes sind Birkhuhn und Auerhuhn sehr zahlreich, können aber von den Eingeborenen nicht gejagt werden; die haben keine Hunde der rechten Art und widmen sich ausschließlich dem Schießen von Seevögeln, am liebsten mit dem Balban; dabei wird die streichende Eider nicht geschont, die brütende dagegen sorgsam gepflegt, wenn auch das eine oder das andere Ei bei einer längeren Jagdtour Proviant liefern muß. Aus dem Holk nimmt man meist der Sägegans Eier fort, die sich geduldig als Leghenne benutzen läßt.

Das Fleisch der Eider wird gut, wenn man die fette Haut abzieht und den Vogel eine Nacht in Milch legt. Es schmeckt dann wie Renntierbraten und hat allen Trangeschmack verloren. Ebenso werden auch Sägegans, Kolbentaucher und Samtente behandelt, die recht schmackhaft sind, besonders wenn sie gleich der Ente mit Petersilie gespickt werden.

Der schlimmste Raubvogel ist der Fischadler, der unter den Hechten in dem seichten Wasser der Schilfbucht Verheerungen anrichtet. Der Seeadler ist seltener zu sehen und jagt am liebsten am offenen Meere.

Unangenehm und zuweilen gefährlich ist die häufig vorkommende Kreuzotter, die man sowohl im Blaubeerbusch wie am Strand trifft, beinahe überall, kann man sagen; und ihre Kühnheit draußen auf den äußeren Schären ist so groß, daß sie sich auf dem Schwanz erhebt und durch Hiebe Fischer hindern will, aus dem Boot zu steigen. Das Volk schont sie nicht, obgleich es glaubt, sie sauge Gift aus der Erde, und eine Ehrfurcht vor der anderswo angebeteten Natter zeigt der Schärenmann nicht.

In dieser Provinz von umflossenen Inseln lebt nun eine Bevölkerung, die man nach den Vermögensverhältnissen in drei Klassen einteilen könnte: die Landwirtschaft treiben, meist auf den großen Inseln wohnend; die den Boden bebauen und fischen, oder die Mittelklasse; und schließlich die eigentlichen Schärenmänner, die meist vom Fischen und Jagen leben, daneben aber eine Kuh, ein Schaf, einige Hühner füttern.

Die Landwirtschaft ist dort, wo sie betrieben werden kann, durchaus nicht schlecht. Prächtiger Lehmboden gibt einen guten Weizen, und auch der kleine Bauer hat doch immer etwas Spelt zum Hausbedarf übrig. Die Salzseeweide ist berühmt, und die Butter wird ausgezeichnet von den kali- und natronhaltigen Strandgewächsen, außer denen die Kühe ja immer die grenzenlose Salzlake zur Verfügung haben. Das Fleisch des Hammels wird von dem kurzen Gras der hohen Weideufer fest und lecker, wie das französische pré-salé auf ähnlichem Boden.

Dazu kommt ein verhältnismäßig mildes Klima, das bedeutend von dem des Binnenlandes auf gleichem Breitengrad abweicht. Der Frühling kommt später, oft vierzehn Tage später als in Stockholm, so daß der Sommergast im selben Jahre zwei Male das Ausschlagen der Bäume erleben kann; und der Herbst tritt später ein, weil das Meer dann erwärmt ist und als

Heizapparat dient. Einen Nachteil beim Klima der Schären hat man bemerkt; das ist der trockene Vorsommer und der regnerische Nachsommer; dadurch leidet die Säe- und Wachszeit unter Trockenheit, die Mäh- und Erntezeit unter Regen. Besonders mildes Klima hat die Gegend von Nynäs, wo der Efeu wild überwintert und der Wein oft am Spalier reift.

Für den Fischer oder den eigentlichen Schärenmann sind natürlich die Früchte des Meeres von größerer Bedeutung, und den Großfischfang bildet der Strömling, der Hering der Ostsee; in ungeheuern Netzen wird er gefangen, die auf tiefliegendem Grund im Frühling und Herbst verankert werden. Sonst wird Hecht und Barsch im Schleppgarn gefangen, der Hecht auch mit Legangel und der Barsch im Netz. Die Flundern, die von geringerm Wert sind, werden im Netz gefangen, der Aal wird gestochen oder in die Reuse gelockt. Die Quappe wird mit einer Keule geschlagen bei durchsichtigem Eis, durch das man das schleimige häßliche Ding bemerken kann, wie es auf dem Boden liegt.

Gegenstand eines ganz besonderen Sports, der Badfischen heißt, ist der Kühling. Wenn das Wasser im Nachsommer in den Buchten erwärmt ist, kommt nämlich der Kühling in die Höhe, um zu baden, wie man es nennt. Zu dieser Zeit wird auf den Landzungen von Baumwipfeln Ausguck gehalten; wenn der Beobachter merkt, daß das Wasser sich belebt, gibt er den Kameraden ein Zeichen; die kommen nun mit ihren flachen Kähnen von beiden Landzungen, die Ruderschäfte mit wollenen Strümpfen gut umwunden, damit der Fisch nicht verscheucht wird; dann spannt man das Netz über die Mündung der Bucht, mit der Wirkung, die es haben kann.

Die Bevölkerung dieser isolierten, gut versteckten kleinen Welt, die keine regelmäßigen Verkehrsverbindungen hat, scheint in mehr als einer Hinsicht sehr gemischt zu sein. Eine beständige Auslese hat sich nämlich immer von selbst vollzogen, dergestalt, daß der intelligenteste Teil der Jugend zur Flotte, zum Lotsenamt, zum Zoll gegangen ist. Die zurückbleibenden, seßhafteren, ruhigeren Geister haben das Gewerbe der Väter fortgesetzt oder sind nach Stockholm gegangen oder haben im Innern des Landes einen Dienst gesucht; die Schären sind kein sicherer Ort gewesen, wo man Familien und Grundbesitz begründen konnte, da das Land dem Feinde offen liegt und Besitzrecht wie Leben nicht gerade den Schutz des entfernt wohnenden Rechtspflegers genießen. Es fehlt darum jede Spur von Lokalpatriotismus, wenn auch der Einwanderer die gewöhnlichen Schwierigkeiten zu bekämpfen hat.

Nach Ortsnamen, Typen, Gewohnheiten zu urteilen, scheint dieses Inselmeer eine Art Zufluchtsort für allerlei Leute aus dem Innern des Landes gewesen zu sein, die aus der einen oder der andern Ursache die Einsamkeit aufsuchten. Eine eigentliche Mundart ist nicht zu spüren, aber eine Mischung von vielen, und viele einfache Sitten und Rechtsbegriffe aus dem Naturstadium deuten darauf, daß sich hier draußen, weit entfernt von der Gesellschaft, ungesellige, für geordnetes Zusammenleben schwer zugängliche Freiluftliebhaber oder ganz einfach praktische Gegner des geordneten Kriegsdienstes und Zollwesens zusammengefunden haben. Die Geschichten, wie gewisse Inseln erworben wurden, scheinen sich auch um Kapern, merkwürdige Seetaten, auch Privatdienste für königliche Personen zu drehen; und die Grundbücher sollen an gewissen Stellen nicht recht sicher sein, ob der Boden der Krone gehört oder zinspflichtig ist.

Andere Zeichen finden sich auch, die auf Einwanderungen oder vielleicht nur Landungen von Finnen, Esthen, Russen und dergleichen Morgenländer deuten. Besonders hegt man noch heute einen entschiedenen Widerwillen gegen die Esthen, diese Schattenfiguren, die, an sich grau, in grauen Fahrzeugen, die wie aus alten zerfallenen Planken zusammengeschlagen sind und ein Takelwerk aus geflickten Kohlensäcken haben, ausgespukt kommen. Wenn ein solcher fliegender Holländer aus einer Kobbe an Land geht, rudert der Fischer gern hinaus und sieht nach, ob das Feuer auch gut gelöscht ist; und er appelliert lieber an die Branntweinflasche als an die Flinte solchen Vagabunden des Meeres gegenüber, von denen man, mit oder ohne Grund, annimmt, daß sie Salz nach Rußland schmuggeln.

Vermögende Schärenleute gibt es, aber viele sind der Armut nahe, und einige äußerst arm, des Winters von Salzlake, Heringsköpfen und Kartoffeln lebend. Das Gewerbe des Fischers, das dem des Spielers gleicht, erzieht nicht zur Sparsamkeit. Ein Fang macht ihn heute vermögend, und der Glaube ans Glück entsteht sofort mit seinen gefährlichen Folgen.

Vom Pfleger der Gerechtigkeit weit entfernt, hat der Schärenmann in der Notwehr sein eigenes Lynchgesetz, und aus wirtschaftlichen Gründen spricht er lieber frei, als daß er verurteilt; auch in der Hoffnung, selbst freigesprochen zu werden, wenn sein Unglück kommt. Diese Nachsicht mit den Verbrechen anderer habe ich nie schöner ausdrücken hören als damals, wie die Nachbarn erzählten, ein Mörder habe einst, als er seine Frau ertränkte, einen »Fehltritt« begangen.

Der Schärenmann ist ein Einsiedler; hat weit zum Gericht, weit zur Kirche, weit zur Schule; weit zu den Nachbarn und weit zur Stadt. Der Badeort ist sein nächster Kulturmittelpunkt; dort aber lernt er nur den Luxus kennen und beneidet Menschen, die er drei Monate Feste feiern sieht; denn die arbeitenden Mitglieder, die in der Stadt sind, sieht er nicht. In der Einsamkeit würde er Denker werden, wenn er Anleitung hätte; statt dessen wird er Phantast, und wie geschickt er in seinem Gewerbe sein kann, wie klarsehend im Alltagsleben, wird er leicht ein Raub subjektiver Wahrnehmungen, wird »fernsichtig«, ein Sonderling, wie der Küster auf Ronö; macht fehlerhafte Schlußfolgerungen, sehr oft Ursache und Wirkung verwechselnd; z. B. wenn es sich gut fischt, nachdem das Geldstück unter den Stein gelegt worden, ist das Geldstück die mächtige Ursache. Er ist abergläubisch, und das Heidentum sitzt so tief in ihm, daß die Symbole der christlichen Kirche für ihn noch gleichbedeutend mit Beschwörungen, Besprechungen, Zauberei sind.

Die Familie baut sich selbst nach alter Sitte und den einfachen Forderungen der Natur auf, wo nicht wirtschaftliche Berechnung als Faktor mitspricht. Das Verhältnis zwischen den Geschlechtern ist ungezwungen; die Ehe wird gewöhnlich mit dem Kind geschlossen, wenn das Mädchen Wort hält und zur Gründung einer Familie geneigt ist. Ist das aber nicht der Fall, entstehen zuweilen schwere Verwicklungen, die mit dem vollständigen Verschwinden des Kindes und andern Geschichten enden können; die kommen der ganzen Welt zu Ohren, nur nicht dem Amtmann, der übrigens nichts machen kann, da er keine Zeugen findet.

Beginnen, weit entfernt von Nachbarn, die Familienbande zu zerreißen und werden starke Leidenschaften lange unterdrückt, erfolgen zuweilen unheimliche Ausbrüche der Naturkräfte; da nimmt es der an Tod und Verderben gewöhnte Schärenmann mit den Mitteln nicht so genau. Dann werden dort draußen stille Trauerspiele aufgeführt, von denen man nur Andeutungen zu hören bekommt; in einigen meiner Erzählungen habe ich davon gemunkelt. Da reißen Blutsbande entzwei, verbotene Schranken werden übersprungen; die Natur ergreift mit harter Hand, was sie kriegen kann; und für Hunger und Liebe existieren nicht mehr Rücksicht noch Gesetze.

Das Lichte, Lächelnde im Leben der Schärenleute, w e n n es sich licht gestaltet, habe ich in diesem Roman »Die Inselbauern« geschildert; in den Novellen »Das Inselmeer« habe ich die Halbschatten gegeben; vielleicht kann ich später, wenn die Verhältnisse für die Literatur günstiger werden, auch die Schlagschatten geben (»Am offenen Meere«), die nicht fehlen dürfen, soll das Bild vollständig sein.

Erstes Kapitel

Carlsson geht in Dienst und wird für einen Schwätzer gehalten

Er kam wie ein Schneegestöber eines Aprilabends und hatte eine Kruke aus schwedischem Ton an einem Hungerriemen um den Hals. Clara und Lotte waren mit dem Netzboot nach dem Badeort Dalarö gefahren, um ihn zu holen; aber es dauerte Ewigkeiten, bis sie ins Boot kamen. Sie mußten zum Kaufmann, um eine Tonne Teer zu besorgen, und zur »Aptheke«, um graue Salbe fürs Ferkel zu kaufen; und dann mußten sie auf die Post, um eine Freimarke zu holen; und dann mußten sie zu Fia Lövström, um den Hahn zu borgen, gegen ein Halbpfund dünnes Garn zum Netzbau. Und zuletzt waren sie im Gasthaus gelandet, in das Carlsson die Mädchen zu Kaffee mit Kuchen geladen hatte.

Endlich kamen sie doch ins Boot.

Carlsson wollte steuern, aber das konnte er nicht; er hatte noch nie einen Rahsegler gesehen, daher schrie er, sie sollten die Fock hissen, die gar nicht vorhanden war.

Auf der Zollbrücke standen Lotsen und Zöllner, die über das Manöver grinsten, als das Boot über Stag ging und abgetrieben wurde.

– Hör mal, du hast ein Loch im Boot! schrie ein junger Lotse durch den Wind. Stopf zu! Stopf zu!

Während Carlsson nach dem Loch guckte, hatte Clara ihn fortgestoßen und das Steuerruder genommen; und mit den Riemen gelang es Lotte, das Boot wieder in den Wind zu bringen; mit gutem Gang segelte es dem Sunde zu.

Carlsson war ein kleiner viereckiger Wärmländer mit blauen Augen und einer Nase, die so krumm war wie ein Doppelhaken. Lebhaft, spielerisch, neugierig war er, aber vom Seewesen verstand er nichts. Er war auch nach der Insel Hemsö gerufen worden, um für Feld und Vieh zu sorgen; damit wollte sich nämlich niemand mehr befassen, seit der alte Flod aus dem Leben geschieden war und die Witwe allein auf dem Hofe saß.

Als Carlsson die Mädchen mit Fragen nach den Verhältnissen auf dem Hofe anzapfte, bekam er Antworten, wie sie die Bewohner des Inselmeers zu geben pflegen.

– Ja, das w e i ß ich nicht! Ja, das kann ich n i c h t sagen! Ja, das weiß ich w i r k l i c h nicht!

Daraus wurde er nicht klug!

Der Kahn plätscherte zwischen Holmen und Schären dahin, während die Eisente zwischen den Kobben schnatterte und im Fichtenwald der Birkhahn balzte. Über freie Wasserflächen, die »Fjärde«, und über Strömungen fuhr das Boot, bis die Nacht kam und die Sterne aufleuchteten.

Da gings auf das große Wasser hinaus, wo der Leuchtturm der »Hauptschäre« blinkte. Bald kam man an einem Stangenzeichen mit Besen vorbei, bald an einer weißen Bake, die wie ein Gespenst aussah; bald leuchteten zurückgebliebene Schneewehen wie Leinen auf der Bleiche; bald tauchten aus dem schwarzen Wasser »Netzwächter« auf, die am Kiel schrapten, wenn man darüber fuhr. Eine schlaftrunkene Mantelmöwe ward von ihrem Riff aufgescheucht und brachte Leben in Seeschwalben und Möwen; ein höllischer Lärm brach los.

Weit draußen, wo die Sterne ins Meer tauchten, leuchteten das rote und das grüne Auge eines großen Dampfers; der schleppte eine lange Reihe runder Lichter, die durch die Ventile der Kajüten schimmerten.

Alles war Carlsson neu, und er fragte nach allem; und jetzt erhielt er Antwort, und zwar so viele, daß er einsah, er war auf fremden Boden gekommen. »Er war eine Landratte«, das heißt ungefähr dasselbe, was für den Städter »Einer vom Lande« ist.

Jetzt segelte der Kahn in einen Sund und kam in Lee; man mußte das Segel reffen und rudern.

Als sie bald darauf in einen neuen Sund kamen, sahen sie ein Licht von einer Hütte leuchten, die zwischen Erlen und Kiefern lag.

– Jetzt sind wir zu Hause, sagte Clara.

Das Boot schoß in eine schmale Bucht; eine Rinne war durchs Schilf gehauen, das an den Seiten des Kahns raschelte; dieses Rascheln weckte einen Laichhecht, der sich in den Anblick einer Angelrute vertieft hatte.

Der Hund gab Laut, und eine Laterne kam oben in der Hütte in Bewegung.

Der Kahn wurde an der Landungsbrücke festgemacht, und die Ausladung begann. Das Segel wurde um die Rahe gerollt, der Mast herausgenommen, und die Stage mit den Tauen umwunden. Die Teertonne rollte man ans Land, und Kübel, Kannen, Körbe, Bündel lagen bald auf der Landungsbrücke.

Carlsson schaute sich im Halbdunkel um und erblickte lauter neue und ungewöhnliche Dinge. Vor der Landungsbrücke lag der Fischkasten mit seinem Hebespiel; an der langen Seite der Brücke lief ein Geländer, das mit Netzbojen, Fangleinen, Dregghaken, Senkern, Schnüren, Grundleinen, Angelhaken behängt war; auf den Brückenplanken standen Strömlingstrommeln, Tröge, Wannen, Bottiche, Näpfe, Grundleinenkasten; am Brückenkopf lag ein Seeschuppen, der mit Lockvögeln behängt war: ausgestopfte Eidergänse, Sägetaucher, Langschnäbel, Trauerenten, Quakenten; unter der Dachtraufe lagen auf Haltern Segel und Masten, Riemen und Bootshaken, Schöpfkellen, Eispickel, Quappenkeulen. Und am Lande standen Pfähle, an denen Strömlingsnetze trockneten, so groß wie die größten Kirchenfenster; Flundernetze mit Maschen, durch die man den Arm stecken konnte; Barschgarn, neu geknüpft und weiß wie die feinsten Schlittennetze; doch von der Brücke geradeaus zogen sich zwei Reihen Gabelstangen wie eine Gutsallee, und an denen hingen die großen Zugnetze.

Vom höchsten Ende des Ganges kam jetzt die Laterne und warf ihren Schein auf den Sandweg, auf dem Muschelschalen und getrocknete Fischkiemen glitzerten, während in den Zugnetzen zurückgebliebene Strömlingsschuppen wie Reif an Spinngewebe blinkten. Aber die Laterne beleuchtete auch das Gesicht einer älteren Frau, das vom Wind gedörrt zu sein schien, und ein Paar kleiner freundlicher Augen, die beim Herdfeuer zusammengeschrumpft waren. Vor der Alten her sprang der Hund, ein zottiger Köter, der ebenso gut auf See wie auf Land zu Hause sein mochte.

– Nun, seid ihr da, Mädchen, grüßte die Alte, und habt ihr den Burschen bei euch?

– Ja, da sind wir, und hier ist Carlsson, wie Ihr seht, Tante! antwortete Clara.

Die Alte wischte ihre rechte Hand an der Schürze ab und reichte sie dem Knecht.

– Willkommen, Carlsson; mögt Ihr Euch bei uns heimisch fühlen!

Und zu den Mädchen:

– Habt ihr Kaffee und Zucker mitgebracht, Mädchen? Sind die Segel im Schuppen? Dann kommt hinauf, ich werde euch etwas zu essen geben.

Alle vier gingen die Höhe hinauf; Carlsson still, neugierig, voller Erwartung, wie sein Leben sich in der neuen Stellung gestalten würde.

Drinnen in der Stube brannte Feuer im Ofen; auf dem weißen Klapptisch lag eine reine Decke; auf der Decke stand eine Flasche Branntwein, in der Mitte wie ein Stundenglas zusammengeschnürt; rings herum Tassen aus schwedischem Porzellan, auf denen Rosen und Vergißmeinnicht abgebildet waren; ein frischgebackenes Brot, gedörrter Zwieback, ein Teller mit Butter, Zuckerdose und Sahnenkanne vervollständigten den Tisch. Carlsson fand ihn reicher, als er von dieser gottverlassenen Gegend erwartet hatte.

Aber auch die Stube selbst sah nicht übel aus, als er sie im flammenden Schein des Herdfeuers musterte; das kreuzte sich mit dem Talglicht des Messingleuchters, schien in der etwas unreinen Politur des Mahagonisekretärs wider, spiegelte sich in dem lackierten Gehäuse und dem Messingpendel der Wanduhr, funkelte auf den Silbereinlagen der damascierten Läufe der Vogelflinten, hob die vergoldeten Buchstaben auf den Rücken der Postillen, Gesangbücher, Kalender, Bauernregeln hervor.

– Tretet näher, Carlsson, lud ihn die Alte ein.

Carlsson war ein Kind der neuen Zeit und lief wirklich nicht in die Scheune hinaus, sondern trat sofort näher und setzte sich auf ein Banksofa, während die Mädchen seinen Kasten in die Küche schafften, die auf der andern Seite des Flurs lag.

Die Alte hakte den Kaffeekessel ab und legte die Klärhaut hinein; hakte ihn wieder an und ließ ihn noch etwas kochen. Dann erneuerte sie die Einladung, dieses Mal mit dem Zusatz, Carlsson möge sich an den Tisch setzen.

Der Knecht setzte sich und drehte die Mütze zwischen den Fingern. Er paßte auf, wie der Wind wehte, um seine Segel danach zu richten. Er hatte offenbar die feste Absicht, sich mit den Maßgebenden gut zu stellen; da er aber noch nicht wußte, ob die Alte mit sich reden ließ, wagte er es nicht, seinem Mundwerk freien Lauf zu lassen, ehe er nicht wußte, wo das Land lag.

– Das ist aber ein feiner Sekretär, begann er und befühlte die Messingrosetten.

– Hm! sagte die Alte, es ist aber nicht viel darin.

– Oho, das weiß ich wohl, schmeichelte Carlsson und bohrte den kleinen Finger in das Schlüsselloch der Klappe; darin ist genug!

– Ja, einst war wohl ein Stück Geld darin, als wir ihn von der Auktion nach Hause brachten; dann aber mußte der Flod in die Erde, und Gustav mußte Soldat spielen, und seitdem ist keine rechte Ordnung auf dem Hof gewesen. Und dann wurde das neue Haus gebaut, das keinen Nutzen bringt. So kam eins zum andern. Aber nehmt Zucker, Carlsson, und trinkt eine Tasse Kaffee.

– Soll ich damit anfangen? sperrte sich der Knecht.

– Ja, da noch niemand zu Hause ist, antwortete die Alte. Der verwünschte Junge ist auf der See, mit der Flinte; und den Norman nimmt er immer mit; so wird keine ordentliche Arbeit geleistet. Wenn sie nur fort kommen und einen Vogel jagen können, lassen sie Viehzucht und Fischerei zu Grunde gehen. Das ist die Ursache, weshalb ich Euch herkommen ließ, Carlsson, damit Ihr nach dem Rechten schaut. Darum sollt Ihr Euch gewissermaßen für etwas mehr halten und ein Auge auf die Burschen haben. Wollt Ihr nicht einen Zwieback nehmen, Carlsson?

– Ja, Tante, soll ich gewissermaßen etwas mehr sein, damit die Andern auf mich hören, dann muß auch eine bestimmte Ordnung gelten. Dann muß ich an Tante einen Rückhalt haben, denn ich weiß, wie es geht, wenn man sich mit den Burschen duzt und gemein macht.

So gewann Carlsson das Land, als er wußte, wo es lag.

– Was das Seegeschäft anlangt, fuhr er fort, da mische ich mich nicht hinein; das kenne ich nicht, aber auf dem Lande, da weiß ich Bescheid, und da will ich Herr sein.

– Ja, das werden wir morgen regeln; dann haben wir Sonntag und können bei Tageslicht alles besprechen. Nun noch eine halbe, Carlsson, dann könnt Ihr Euch schlafen legen.

Die Alte goß zum zweiten Male Kaffee ein, und Carlsson nahm das Stundenglas, um die Tasse mehr als dreiviertel zu füllen. Nachdem er die Mischung hinuntergeschlürft hatte, fühlte er große Lust, das fallen gelassene Gespräch, das ihn äußerst angenehm berührt hatte, wieder aufzunehmen. Aber die Alte war aufgestanden, um sich am Herd zu schaffen zu machen; die Mädchen liefen aus und ein; der Köter gab Laut auf dem Hofe und lenkte die Aufmerksamkeit ab.

– Da haben wir die Burschen, sagte die Alte.

Draußen erklangen Stimmen, Absatzeisen klirrten auf den Steinen, und durch die Balsaminen im Fenster sah Carlsson draußen im Mondschein die Gestalten zweier Männer, die eine Flinte auf der Schulter und eine Tracht auf dem Rücken hatten.

Der Köter bellte im Flur, und gleich darauf ward die Tür geöffnet. Herein trat der Sohn in Wasserstiefeln und Jagdjoppe. Mit dem sichern Stolz des glücklichen Jägers schleuderte er Jagdtasche und ein Bündel Eider auf den Tisch an der Tür.

– Guten Abend, Mutter, da hast du Fleisch! grüßte er, ohne den Kömmling zu bemerken.

– Guten Abend, Gustav! Ihr seid lange fort gewesen, grüßte die Mutter zurück, während sie unwillkürlich einen zufriedenen Blick auf die prachtvollen Eider warf; mit dem kohlschwarzen und kreideweißen Gefieder, der rosenroten Brust und dem seegrünen Nacken. Ihr habt gute Beute gemacht, sehe ich. Hier haben wir Carlsson, den wir erwarteten!

Der Sohn warf einen forschenden Blick aus seinen kleinen, scharfen Augen, die von hellroten Wimpern halb verborgen waren, und änderte sofort sein Gesicht: offen war es gewesen, und schüchtern wurde es.

– Guten Abend, Carlsson, sagte er kurz und scheu.

– Guten Abend, antwortete der Knecht, indem er einen unbefangenen Ton anschlug, bereit, den Überlegenen zu spielen, sobald er über den jungen Mann im Klaren war.

Gustav nahm den Platz auf dem Hochsitz ein, stützte sich mit dem Ellbogen aufs Fensterbrett und ließ sich von der Mutter eine Tasse Kaffee einschenken, in die er sofort Branntwein goß. Während er trank, betrachtete er Carlsson heimlich.

Der hatte die Vögel genommen und untersuchte sie.

– Das sind prächtige Tiere, sagte er und kniff sie in die Brust, um zu fühlen, ob sie fett seien. Er ist ein guter Schütze, sehe ich, der Schuß sitzt an der rechten Stelle.

Gustav antwortete mit einem listigen Grinsen; er hörte sofort, daß der Knecht nichts vom Weidwerk verstand, da er Schüsse lobte, die in den Brustfedern saßen und die Eider zu Lockvögeln untauglich machten.

Carlsson aber schwatzte unverzagt weiter, lobte die Taschen aus Seehundsfell, pries die Flinte, machte sich so klein wie möglich; stellte sich in Seesachen noch unwissender, als er wirklich war.

– Wo hast du Norman gelassen? fragte die Alte, die schläfrig wurde.

– Er bringt nur die Sachen in den Schuppen, antwortete Gustav; er kommt gleich.

– Rundqvist hat sich schon niedergelegt. Es ist auch Zeit, und Ihr müßt müde sein, Carlsson, da Ihr lange unterwegs gewesen seid. Ich will Euch zeigen, wo Ihr liegen sollt, wenn Ihr mitkommt.

Carlsson wäre gern geblieben, um das Stundenglas auslaufen zu sehen; aber der Wink war so deutlich, daß er die Geduld der Wirtin nicht länger auf die Probe zu stellen wagte.

Die Alte ging mit ihm in die Küche hinaus.

Gleich kam sie aber zum Sohn zurück, der sofort seinen freimütigen Ausdruck wieder annahm.

– Nun, wie findest du ihn? fragte die Alte; er sieht ordentlich und willig aus.

– Nein, nein! antwortete Gustav gedehnt. Trau ihm nicht, Mutter; er schwatzt nur Unsinn!

– Was du sagst! Er kann doch wohl ordentlich sein, wenn er auch ein Mundwerk hat.

– Glaub mir, Mutter, das ist ein Schwätzer; mit dem werden wir uns zu schleppen haben, bis wir ihn wieder los werden. Aber das macht nichts; er soll schon arbeiten fürs Essen, und mir soll er nicht zu nahe kommen. Du glaubst allerdings nie, was ich sage, aber du wirst schon sehen! Wirst schon sehen. Nachher reut es dich, wenn's zu spät ist! Wie wars mit dem alten Rundqvist? Der hatte auch ein tüchtiges Mundwerk, aber sein Rücken war schwach; wir haben uns mit ihm schleppen müssen, und jetzt werden wir ihn füttern, bis er stirbt. Solche Schwätzer sind nur bei der Schüssel groß, das kannst du mir glauben!

– Du bist wie dein Vater, Gustav; traust den Leuten nichts Gutes zu und verlangst dann unvernünftig viel! Der Rundqvist ist kein Seemann, sondern auch vom Lande; aber er kann vieles, was andere nicht können. Und Seeleute kriegen wir nicht mehr; die gehen zur Flotte, zum Zoll oder werden Lotsen. Nur Leute vom Lande kriegt man. Siehst du, man nimmt, was man bekommt.

– Das weiß ich wohl, daß keiner mehr Knecht sein will! Alle suchen Staatsdienst, und hier draußen auf den Inseln sammelt sich aller Abfall vom Festland. Ordentliches Volk kommt nicht in die Schären hinaus; es muß denn besondere Ursachen haben. Darum sage ich noch ein Mal: Halt die Augen offen!

– Du, Gustav, solltest die Augen offen halten, gab die Alte zurück, um dein Hab und Gut in Ordnung zu bringen. Einst wird es ja deins! Du solltest zu Hause bleiben und nicht immer auf der See herumliegen; zum mindesten die Leute nicht von der Arbeit abhalten.

Gustav rupfte eine Eider und antwortete:

– Ei, Mutter, du liebst es doch auch, wenn Braten auf den Tisch kommt, nachdem es den ganzen Winter über eingesalzenes Schweinefleisch und gedörrten Fisch gegeben hat; du mußt also nicht so sprechen. Übrigens gehe ich nicht in den Krug, und etwas muß der Mensch doch zu seinem Vergnügen haben. Essen haben wir ja genug, und etwas Geld auf der Bank auch, und verfaulen tut der Hof nicht; will er brennen, so mag er; er ist ja versichert.

– Verfaulen wird der Hof nicht, das weiß ich wohl, aber alles Andere geht entzwei. Die Feldzäune müssen ausgebessert werden, die Gräben gereinigt werden. Das Stalldach ist so morsch, daß es aufs Vieh regnet. Nicht eine Brücke ist heil, die Boote sind zerbrechlich wie Zunder, die Netze müssen geflickt, der Milchkeller gedeckt werden. Und so weiter. Da ist so vieles, das gemacht werden müßte, aber nie gemacht wird. Jetzt aber wollen wir mal sehen, ob es nicht doch gemacht werden kann, nachdem wir einen Knecht eigens dafür angenommen haben. Es wird sich ja herausstellen, ob Carlsson nicht der rechte Mann dafür ist.

– Dann laß ihn nur machen! schnauzte Gustav, indem er mit der Hand durch das kurzgeschorene Haar fuhr, daß es wie Stacheln in die Höhe stand. Da ist Norman! Komm und trink eine Halbe, Norman!

Norman, klein, breit, hellblond, mit keimendem Schnurrbart und blauen Augen, trat in die Stube und ließ sich bei seinem Jagdgenossen nieder, nachdem er die Alte gegrüßt.

Die beiden Helden zogen ihre Tonpfeifen aus den Westentaschen und stopften sie mit »Schwarzem Anker«. Dann gingen sie nach Jägerart, bei einer Halben Kaffee mit Branntwein, alle ihre Heldentaten draußen am offenen Meere durch; Schuß für Schuß. Die Vögel wurden untersucht, die Finger in die Schußwunde gebohrt, die Hagelkörner gezählt, unentschiedene Treffer erörtert. Schließlich entwarfen sie Pläne zu neuen Ausflügen.

Inzwischen war Carlsson in die Küche hinausgekommen, um sein Nachtlager aufzusuchen.

Die Küche war eine Firststube und sah wie eine mit dem Kiel nach oben gekehrte Schute aus, die auf der Ladung schwamm. Die Ladung bestand aus allen möglichen Gütern. Hoch oben unter dem berußten Dachfirst hingen Garn und Fischgeräte an den Balken; darunter waren Bretter und Bootsplanken zum Trocknen verstaut; Flachs und Hanfsträhne, Dregganker, Schmiedeeisen, Zwiebelbündel, Talglichter, Mundvorratskasten; aus einem Querbalken lag eine lange Reihe frisch ausgestopfter Lockvögel; über einen andern waren Schaffelle geworfen; von einem dritten baumelten Wasserstiefel, Unterjacken, Hemden, Strümpfe; und zwischen den Balken liefen Spieße mit Lochbroten, Stöcke mit Aalhäuten, Stangen mit Grundschnüren und Angelhaken.

Am Giebelfenster stand der Eßtisch aus rohem Holz; an den Wänden standen drei Ausziehsofas, die mit reinen, aber groben Laken gebettet waren.

In einem davon hatte die Alte Carlsson einen Platz angewiesen. Als sie sich mit dem Licht entfernte, ließ sie den Kömmling im Halbdunkel, das nur schwach von der Herdglut und einem kurzen Mondstreifen erleuchtet wurde. Der Mond zeichnete Pfosten und Sprossen des Fensters auf den Boden. Aus Gründen der Schamhaftigkeit wurde beim Schlafengehen kein Licht angesteckt; denn die Mädchen hatten auch ihre Schlafplätze in der Küche.

So entkleidete sich Carlsson im Halbdunkel. Er legte Rock und Stiefel ab; dann holte er die Uhr aus der Westentasche, um sie beim Schein des Herdfeuers aufzuziehen. Er hatte den Schlüssel ins Loch gesteckt und begann ihn mit etwas ungewohnter Hand zu drehen; die Uhr ging nämlich nur an Sonntagen und bei feierlichen Gelegenheiten; da erklang aus den Bettdecken eine tiefe, brummende Stimme:

– Nein, hat er auch eine Uhr!

Carlsson fuhr zusammen, sah hin und bemerkte im Glutschein einen zottigen Kopf mit einem Paar blinzender Augen, der sich auf zwei Arme stützte.

– Gehts dich was an? erwiderte er, um die Antwort nicht schuldig zu bleiben.

– Gehts an, dann läutet man in der Kirche, obgleich ich nie hineinkomme! antwortete der Kopf.

– Obgleich? O gleich gieße ich dir einen Eimer Wasser über den Kopf, gab Carlsson zurück.

– Das ist nicht so dumm geantwortet, stammelte der Andere. Das ist jedenfalls ein feiner Mann: er hat ja Saffian an den Stiefelschäften.

– Das will ich meinen; und Galoschen hat er auch, wenn's darauf ankommt!

– Nein, hat er auch Galoschen; dann kann er sicher auch einen Schluck spendieren!

– Ja, das kann er auch, wenn's sein muß, antwortete Carlsson bestimmt und holte seine Tonkruke. Bitte!

Er zog den Kork heraus, trank einen Schluck und reichte die Kruke hinüber.

– Gott segne ihn; ich glaube wirklich, das ist Branntwein. Dann: Gutjahr und Willkommen! Jetzt sage ich du zu dir, Carlsson, und du nennst mich den närrischen Rundqvist, denn so heiße ich meistens.

Und dann kroch er wieder unter die Decke.

Carlsson entkleidete sich und kroch ins Bett, nachdem er seine Uhr am Salzfaß aufgehängt und die Stiefel mitten ins Zimmer gestellt hatte, damit die roten Saffianzwickel recht zu sehen waren.

Es war still in der Küche und nur Rundqvist hörte man schnarchen am Herd.

Carlsson lag wach und dachte an die Zukunft. Wie ein Nagel saß ihm das Wort der Alten im Kopfe, daß er etwas mehr als die Andern sein solle, um die Wirtschaft in die Höhe zu bringen. Um den Nagel schmerzte und schwärte es; es war, als habe er ein Gewächs im Kopf. Er dachte an den Mahagonisekretär, an die roten Haare und mißtrauischen Augen des Sohnes. Er sah sich mit einem großen Schlüsselbund herumlaufen, mit dem er in der Hosentasche klapperte; da kommt einer und bittet um Geld; er hebt das Schurzfell, schüttelt das rechte Bein, steckt die Hand in die Tasche und fühlt die Schlüssel gegen den Schenkel; dann zupft er am Bund, wie man Werg auszieht, und als er den kleinsten Schlüssel, der in die Klappe paßt, gefunden hat, steckt er den ins Schlüsselloch, ganz wie er's heute Abend mit dem kleinen Finger getan hatte; aber das Schlüsselloch, das wie ein Auge mit einem Augapfel ausgesehen, wird rund, groß und schwarz wie eine Flintenmündung, und über dem andern Ende des Laufes sieht er das rote Fischauge des Sohnes scharf und tückisch zielen, als wolle der sein Geld verteidigen.

Die Küchentür ging, und Carlsson wurde aus seinem Halbschlummer gerissen. Mitten im Zimmer, wohin die Mondscheiben gerückt waren, standen zwei weißgekleidete Gestalten, um gleich darauf in ein Bett unterzutauchen; das gewaltig knarrte, wie wenn ein Boot gegen eine schwankende Landungsbrücke stößt. Dann ward es in den Laken lebendig und kicherte, bis es still wurde.

– Gute Nacht, Mädchen, erklang Rundqvists erlöschende Stimme. Träumt von mir!

– Daran ist uns allerdings sehr gelegen, antwortete Lotte.

– Still, antworte dem Scheusal nicht, warnte Clara.

– Ihr seid ... so ... nett! Wenn ich nur auch so ... nett ... sein könnte wie ihr! seufzte Rundqvist. Ja, Herr Gott, man wird alt; dann kann man seinen Willen nicht mehr kriegen, und dann ist das Leben nichts mehr wert. Gute Nacht, Kinder, und hütet euch vor Carlsson: der hat Uhr und Saffianstiefel! ... Ja, Carlsson, der ist glücklich! Das Glück das kommt, das Glück das fliegt, o glücklich, wer das Mädchen kriegt! ... Was habt ihr dort in euerm Bett zu kichern, Mädchen! ...

Hör mal, Carlsson, kann ich nicht noch einen Schluck haben? Es ist so furchtbar kalt hier hinten; es zieht vom Herd her.

– Nein, jetzt kriegst du nichts mehr, denn nun will ich schlafen, schnauzte Carlsson, in seinen Zukunftsträumen, in denen weder Wein noch Mädchen vorkamen, gestört und bereits mit seiner Stellung als Großknecht vertraut.

Es wurde wieder still. Nur dumpfe Laute von den Geschichten der Jäger drangen durch die beiden Türen; und der Nachtwind rüttelte an der Ofenklappe.

Carlsson schloß wieder die Augen. Im Schlummer hörte er Lottes halblaute Stimme etwas auswendig hersagen, das er zuerst nicht verstehen konnte, sondern wie ein einziger langer Salm klang; schließlich unterschied er:

– Undführeunsnicht – inversuchung, sondernerlöseunsvondemübel, denndeinistdasreich, unddiemachtunddieherrlichkeit inewigkeitamen. Gute Nacht, Clara! Schlaf gut!

Und nach einem Weilchen schnarchte es im Bett der Mädchen. Rundqvist aber sägte, daß die Fenster zitterten, ob nun aus Scherz oder Ernst. Aber Carlsson lag halbwach und wußte selbst nicht, ob er wachte oder schlief.

Da hob sich seine Decke und ein fleischiger, schweißiger Körper kroch an seine Seite.

– Es ist nur Norman! hörte er eine schöntuende Stimme neben sich. Da wußte er, es war der Knecht, der sein Bettgenosse sein sollte.

– Aha, der Schütze ist heimgekehrt, knarrte Rundqvists rostiger Baß. Ich dachte, es sei der Teufel, der am Sonnabend draußen geschossen.

– Du kannst ja gar nicht schießen, Rundqvist; du hast ja keine Flinte, schnauzte Norman.

– Kann ich nicht? gab der Alte zurück, um das letzte Wort zu haben. Ich kann Schwarzstare mit der Büchse schießen, und zwar zwischen den Laken …

– Habt ihr das Feuer gelöscht? unterbrach ihn die freundliche Stimme der Alten, die aus dem Flur zur Tür hereinguckte.

– Jawohl, antwortete man im Chor.

– Dann gute Nacht!

– Gute Nacht, Tante!

Einige lange Seufzer wurden ausgestoßen, dann wurde gepustet, geschnaubt, gekeucht, bis das Schnarchen im Gang war.

Aber Carlsson lag noch eine Weile halb wach und zählte die Fensterscheiben, um einen Wahrtraum zu haben.

Zweites Kapitel

Sonntagsruhe und Sonntagsgeschäft; der gute Hirte und die bösen Schafe; die Schnepfen, die ihr Teil bekamen und der Knecht, der die Kammer bekam

Als Carlsson am Sonntagsmorgen beim Hahnenschrei erwachte, waren alle Betten leer, und die Mädchen standen im Unterrock am Herde, während die Sonne voll und blendend in die Küche schien.

Carlsson fuhr schnell in die Hosen und ging hinaus, um sich zu waschen. Da saß bereits der junge Norman auf einem Strömlingsfaß und ließ sich von dem allkundigen Rundqvist die Haare schneiden. Rundqvist hatte ein reines Vorhemd angezogen, das so groß wie eine Tageszeitung war, und seine besten Stiefel hatte er auch an.

Bei einem eisernen Kochtopf, der seine Füße verloren hatte und deshalb Waschschüssel geworden war, mußte Carlsson mit einem Häuflein grüner Seife seine Sonntagswaschung vornehmen.

Im Stubenfenster zeigte sich Gustavs sommersprossiges Gesicht eingeseift; vor einem Stück Spiegel, das unter dem Namen »Sonntagsgucker« bekannt war, fuhr er mit dem im Sonnenschein blitzenden Rasiermesser unter furchtbaren Grimassen hin und her.

– Geht ihr heute in die Kirche? fragte Carlsson zum Morgengruß.

– Nein, wir kommen nicht so oft ins Gotteshaus, antwortete Rundqvist. Wir haben zwei Rudermeilen hin und ebensoviele zurück, und man muß den Ruhetag nicht mit unnützer Arbeit entheiligen.

Lotte kam heraus, um Kartoffel zu waschen, während Clara nach dem Vorratsschuppen ging, um aus dem Winterfaß gesalzene Fische zu holen. In diesem sogenannten »Familiengrabe« waren alle kleinen Fische, die im Netz oder Fischkasten getötet waren und nicht aufbewahrt werden konnten, eingesalzen, durcheinander, ohne Ansehen der Person, um für den täglichen Bedarf des Hauses zu dienen. Da lagen blasse Plötze Seite an Seite neben roten Rotaugen; Blicken, Kaulbarsche, Seehasen, Barsche, kleine Brathechte, Schollen, Schleie, Quappen, Maränen. Alle hatten einen Schaden: eine zerfetzte Kieme, ein ausgehacktes Auge; einen Hieb im Rücken, der von einer Fischgabel herrührte; andere hatten einen Fußtritt auf den Bauch erhalten; und so weiter.

Clara nahm einige Hände voll, wusch das meiste Salz aus und tat die Gesellschaft in den Kochtopf.

Während das Frühstück auf dem Feuer stand, hatte Carlsson sich angekleidet und machte nun einen Rundgang, um sich den Hof anzusehen.

Das Haus, das eigentlich aus zweien zusammengebaut war, lag auf einer Anhöhe am südlichen und innern Ende der langen, ziemlich seichten Bucht einer freien Meeresfläche. Diese Bucht schnitt so tief ins Land, daß man das große Meer nicht sah, sondern glauben konnte, man sei an einem kleinen Binnensee im Innern des Landes. Die Hänge der Höhe senkten sich zu einem Tal nieder mit Weidegründen, Wiesen, Hagen, die mit Laubwald, Birke, Eiche, Erle, eingefaßt waren. Die nördliche Seite der Bucht war durch eine mit Fichtenwald bewachsene Höhe gegen die kalten Winde geschützt, und die südlichen Teile der Insel bestanden aus Kiefergehölzen, Birkenhagen, Mooren, Sümpfen; zwischen denen war ein Stück Acker hier und dort angelegt.

Auf der Höhe stand neben dem Wohnungshaus der Vorratsschuppen; ein Stück davon lag das neue Haus, die »Großstuga«, ein rotes ziemlich großes Blockhaus mit Ziegeldach. Der alte Flod hatte es sich fürs Altenteil errichtet; jetzt stand es unbewohnt, weil die Alte allein dort nicht hausen wollte; auch unnötig viele Feuerstätten dem Walde zu sehr zugesetzt hätten.

Weiterhin, dem Hage zu, lagen Viehstall und Scheune; in einem Gehölz stattlicher Eichen hatten Darrstube und Keller ihre schattigen Plätze; und ganz hinten an der südlichen Wiese war das Dach einer verfallenen Schmiede zu sehen.

Unten, am innern Ende der Bucht, standen die Seeschuppen bis an die Landungsbrücke; dort war auch der Hafen für die Boote.

Ohne die Schönheiten der Landschaft zu bewundern, war Carlsson doch von dem Ganzen angenehm überrascht. Die fischreiche Bucht, die ebenen Wiesen, die vor Winden geschützten und gerade richtig abfallenden Felder, der dichte Hochwald, die schönen Nutzhölzer in den Hagen: alles versprach guten Ertrag, wenn nur eine starke Hand die Kräfte in Bewegung setzte und die vergrabenen Schätze ans Tageslicht brachte.

Nachdem er hierhin und dorthin geschlendert, wurde er in seinen Betrachtungen durch ein schallendes »Halloh« unterbrochen, das vom Vorbau ausging, von Buchten und Feldern widerhallte und gleich darauf von Scheune, Hag und Schmiede im selben Tone beantwortet wurde.

Es war Clara, die zum Frühstück rief.

Bald saßen die vier Männer um den Küchentisch, auf dem frischgekochte Kartoffeln, gesalzener Fisch, Butter, Roggenbrot und, da es Sonntag war, Branntwein stand. Die Alte ging umher und forderte die Männer auf, zuzulangen; auch warf sie dann und wann ein Auge auf den Herd, wo jetzt für Hühner und Ferkel gekocht wurde.

Carlsson hatte an der oberen Schmalseite des Tisches Platz genommen, Gustav die eine, Rundqvist die andere Breitseite, Norman die untere Schmalseite gewählt; man wußte eigentlich nicht, wer den Ehrenplatz hatte, sondern glaubte die vier Sprecher eines Ausschusses vor sich zu haben. Doch führte Carlsson das Wort, und seine Aussprüche betonte er, indem er mit der Gabel auf den Tisch stieß. Er sprach von Landwirtschaft und Viehzucht; aber Gustav antwortete entweder überhaupt nicht oder mit Fischfang und Jagd. Norman unterstützte ihn dabei, und Rundqvist spielte den unparteiischen Sonderer; warf dann und wann einen Scheit ins Feuer, damit kein Friede aufkam; blies die Flamme an, wenn sie erlöschen wollte; stichelte nach rechts und stichelte nach links; bewies der Gesellschaft, daß sie alle gleich dumm und unwissend seien, daß er allein den Verstand gepachtet habe.

Gustav antwortete Carlsson niemals direkt, sondern wandte sich immer an einen Nachbar; Carlsson sah ein, daß er von ihm keine Freundschaft zu erwarten habe.

Norman, der Jüngste, vergewisserte sich erst immer, daß er am Hausherrn einen Rückhalt hatte; nach dem sich zu richten, war immer das Sicherste.

– Ferkel aufziehen, wenn man keine Milch hat, das lohnt nicht, lehrte Carlsson; und Milch kann man nicht bekommen, ohne daß man Klee in die Herbstsaat säet. In der Landwirtschaft muß Kreislauf sein; eines muß auf das Andere folgen.

– Das ist ganz wie beim Fischen, nicht wahr, Norman, wandte sich Gustav an seinen Nachbar. Man kann nicht die Strömlingsnetze setzen, ehe nicht die Schollen aufgehört haben; und man kriegt keine Schollen, ehe der Hecht nicht gelaicht hat. Das eine folgt aufs andere, und wenn man das Eine fahren läßt, fängt das Andere an. Ist es vielleicht nicht so, Norman?

Norman stimmte ohne Widerstreben bei und wiederholte zur Sicherheit den Endreim, als er merkte, daß Carlsson zurückschlagen wollte:

– Ja, so ist es: das Eine fängt an, wenn man das Andere fahren läßt.

– Wer läßt einen fahren? rief Rundqvist dazwischen, der die gute Gelegenheit nicht vorbeigehen ließ.

Carlsson, der den Schwanz eines Rotauges zwischen den Zähnen hatte, machte heftige Gebärden mit den Armen, um das Gespräch wieder nach seiner Seite zu wenden. Ins Grinsen der Andern aber mußte er einstimmen, obwohl sie mehr aus Schadenfreude grinsten, daß die Landwirtschaft beiseite geschoben wurde, als über den billigen Witz.

Von seinem Erfolg ermuntert, machte Rundqvist Variationen über das glücklich gefundene Thema; ein ernstes Wort fand keinen Zuhörer mehr.

Als das Frühstück zu Ende war, kam die Alte und bat Carlsson und Gustav, mit ihr nach dem Viehstall und auf die Felder zu gehen, um über die Verteilung der Arbeit zu sprechen und zu beraten, was zu tun sei, um den Hof in bessern Stand zu bringen. Danach würden sich alle in der Stube versammeln, um die Predigt zu lesen.

Rundqvist legte sich beim Herd aufs Holzsofa und steckte sich eine Pfeife an. Norman nahm seine Handharmonika und setzte sich in den Vorbau, während die andern nach dem Viehstall gingen.

Carlsson fand mit einer gewissen Befriedigung seine schlimmsten Befürchtungen übertroffen. Zwölf Kühe lagen auf den Knien und fraßen Moos und Stroh, da das Futter zu Ende war. Jeder Versuch, sie aufzurichten, war unmöglich; nachdem Carlsson und Gustav sie auf die Beine zu bringen versucht, indem sie ihnen eine Bohle unter den Bauch schoben, überließ man sie vorläufig ihrem Schicksal.

Carlsson schüttelte bedenklich den Kopf, wie ein Arzt, der ein Sterbebett verläßt; sparte aber seine guten Ratschläge und Verbesserungsvorschläge für später auf.

Mit dem Ochsenpaar stand es noch schlimmer, da es eben mit dem Pflügen fertig geworden war.

Die Schafe hatten nur Rinde zu knuppern von den längst abgefressenen Laubbüscheln.

Die Schweine waren mager wie Jagdhunde. Die Hühner liefen im Viehhof umher, auf dem Misthaufen zerstreut waren, von denen das Wasser in Bächlein abfloß.

Nachdem man sich alles angesehen und den Verfall erkannt hatte, erklärte Carlsson, hier sei nur noch mit dem Messer etwas zu machen.

– Sechs Kühe, die Milch geben, sind besser als zwölf, die hungern!

Er untersuchte Spiegel und Euter und bezeichnete mit großer Sicherheit die sechs, die man auffüttern und dann zum Schlächter bringen solle.

Gustav machte Einwendungen.

Carlsson aber versicherte und beteuerte, sie müßten geschlachtet werden! Sie müßten sterben, so wahr er lebe! Dann könnte man eine andere Ordnung einführen. Zuerst aber müsse vor allem trockenes, gutes Heu gekauft werden, ehe man das Vieh in den Wald lassen könne.

Als Gustav von Heukaufen sprechen hörte, machte er die lebhaftesten Vorstellungen, doch nicht sein Geld für etwas auszugeben, das man selber habe. Aber die Alte brachte ihn mit der Erklärung zum Schweigen, davon verstehe er nichts.

Nachdem man noch einige weniger wichtige Anordnungen getroffen, verließ man den Viehhof und wanderte auf die Felder hinaus.

Hier lagen ganze Strecken brach.

– Ach, ach! sagte Carlsson mitleidig, als er den guten Boden auf so veraltete Art bewirtschaftet sah. Ach! wie kindisch! Kein Mensch hat mehr Brache, sondern Kleeweide! Wenn man jedes Jahr ernten kann, warum soll man es nur jedes zweite Jahr tun?

Gustav meinte, jährliche Ernten saugten den Boden aus; der müsse auch ruhen wie der Mensch.

Aber Carlsson gab eine ganz richtige, wenn auch etwas dunkle Erklärung ab, Kleesaat dünge den Boden, statt ihn auszusaugen; auch halte sie ihn von Unkraut frei.

– Davon habe ich noch nie gehört, meinte Gustav. Saaten, die düngen!

Er konnte Carlssons gelehrte Auseinandersetzung, daß Grasgewächse ihre meiste Nahrung »aus der Luft« holen, nicht verstehen.

Darauf untersuchte man die Abzugsgräben; die standen voll Grundwasser, waren zugewachsen, konnten nicht ablaufen.

Das Korn stand stellenweise, als habe man Hände voll ausgesäet, und das Unkraut wucherte zwischen den Schollen.

Die Wiesen waren nicht geharkt; das Laub des Vorjahres bedeckte und erstickte das Gras, das zu einem einzigen Kuchen zusammengeklebt war.

Die Feldzäune waren im Begriff umzufallen; Brücken

fehlten; alles war so baufällig, wie die Alte es in dem Gespräch am Abend dargestellt hatte.

Gustav aber wollte nichts von Carlssons tiefdringenden Untersuchungen wissen; er lehnte sie ab als etwas Unangenehmes, das man aus der Vergangenheit ausgrub. Er fürchtete die viele Arbeit, die winkte, und noch mehr, daß seine Mutter Geld herausrücken müsse.

Als sie dann nach der Kälberweide gingen, blieb Gustav zurück; als sie in den Wald kamen, war er verschwunden. Die Alte rief nach ihm, erhielt aber keine Antwort.

– Mag er gehen, meinte die Alte. So ist Gustav! Er ist immer etwas dumpf und träge; nur dann nicht, wenn er mit der Flinte auf die See hinaus kann. Aber daran müßt Ihr Euch nicht kehren, Carlsson, denn etwas Böses ist nicht in ihm. Sein Vater wollte etwas Besseres aus ihm machen; er sollte nicht als Knecht gehen, sondern konnte tun, was er wollte. Als er zwölf Jahre alt war, kriegte er sein eigenes Boot, natürlich auch eine Flinte. Seitdem war nichts mehr mit ihm zu wollen. Jetzt geht's mit dem Fischen zurück; darum habe ich an den Acker denken müssen, der schließlich doch noch sicherer ist als die See. Es wäre auch gegangen, wenn Gustav nur verstanden hätte, die Leute anzuhalten; aber er muß sich immer so gemein mit den Burschen machen, und dann geht's mit der Arbeit nicht vorwärts.

– Das taugt allerdings nicht, die Leute zu verwöhnen, hakte Carlsson ein; und das muß ich Euch gleich sagen, Tante, hier unter vier Augen: soll ich so etwas wie Kustos sein, so muß ich in der Stube essen und allein in der Kammer schlafen; sonst haben die Leute keinen Respekt, und ich komme nicht vom Fleck.

— In der Stube essen, Carlsson, versetzte besorgt die Alte, während sie über den Zauntritt stieg, wird wohl kaum gehen. Die Leute lassen sich's nicht mehr gefallen, daß man anderswo ißt als mit ihnen in der Küche. Der alte Flod hat's nicht einmal gewagt, und Gustav hat sich's nie getraut. Und tut man's, machen sie sofort Spektakel über das Essen; stellen sich auf die Hinterbeine. Nein, daraus kann nichts werden. Daß Ihr aber auf der Kammer schlaft, ist etwas anderes; das wollen wir mal sehen. Die Leute finden ja schon, es seien ihrer zu viel in der Küche; und Norman, denke ich, schläft lieber allein in seinem Bett als mit einem Andern zusammen.

Carlsson hielt es für das Beste, sich mit halbgewonnenem Spiel zu begnügen, und steckte die andere Pfeife vorläufig in den Sack.

Sie kamen jetzt in den Fichtenwald, wo zwischen einigen Geschiebeblöcken noch eine Schneewehe lag, die von Staub und herabgefallenen Nadeln beschmutzt war. Die Fichten schwitzten in der brennenden Aprilsonne schon Harz aus; zu ihren Füßen blühten weiße Osterblumen, und unter den Haselbüschen guckten Leberblümchen durch das durchbrochene Nervennetz des modernden Laubes. Aus dem Haarmoos stieg eine warme Feuchtigkeit; zwischen den Baumstämmen sah man das Flimmern über dem Wiesenzaun zittern; weiter fort blaute die von einer leichten Brise bewegte Meeresfläche; das Eichhörnchen kicherte oben im Gezweig und der Grünspecht hämmerte und schrie.

Die Alte trippelte auf dem kahlen Fußpfad über Nadeln und Wurzeln. Carlsson, der hinter ihr ging, sah, wie sich ihre Schuhsohlen unter geschmeidigen Schritten bogen und unter dem Saum des Kleides verschwanden. Da erinnerte er sich daran, daß sie ihm gestern älter vorgekommen war.

— Ihr seid aber flink auf den Beinen, Tante, fand sich Carlsson veranlaßt, seinen Frühlingsgefühlen Luft zu machen.

— Ach, wie Ihr sprecht! Man könnte glauben, Ihr wollt mit einer alten Frau Euern Spaß treiben.

— Nein, ich meine immer, was ich sage, versicherte Carlsson glaubhaft. Um mit Tante Schritt zu halten, gerate ich in Schweiß.

— Wir wollen jedenfalls nicht weiter gehen, antwortete die Alte und blieb stehen, um zu verschnaufen. Hier könnt Ihr Euch den Wald ansehen, Carlsson; hierher bringen wir das Vieh im Sommer, wenn es nicht draußen auf den Werdern ist.

Carlsson warf einen sachverständigen Blick auf den Wald; er fand, daß da viele Klafter Brennholz standen und gutes Balkenholz sich auf der Wurzel erhob.

— Aber wie schlecht gepflegt! Da liegen noch Wipfel und Reisig in einem solchen Gerümpel zusammen, daß kein Mensch durchkommen kann!

— Da seht Ihr selbst, Carlsson, wie es steht. Nun mögt Ihr walten und schalten, wie Ihr wollt! Ihr werdet schon Ordnung schaffen, dessen bin ich sicher! Nicht wahr, Carlsson?

— Meine Arbeit werde ich schon leisten, wenn die andern nur ihre tun! Und dazu müßt Ihr mir helfen, Tante, knetete Carlsson seinen Teig. Er fühlte, es werde nicht so leicht sein, sich eine Stellung als Korporal zu schaffen, da die Gemeinen länger am Platze waren.

Unter unausgesetztem Gespräch über die Art und Weise, wie Carlsson seine Oberhoheit einnehmen und bewahren könne, gingen sie zurück. Diese seine Oberhoheit sei die Hauptbedingung für das Aufblühen des Hofes, suchte Carlsson der Bäuerin einzureden.

Jetzt sollte die Predigt gelesen werden, aber von den Männern ließ sich keiner sehen. Die beiden Schützen waren mit den Flinten in den Wald gegangen; Rundqvist verbarg sich wohl wie gewöhnlich auf einer sonnigen Höhe. So war es immer, wenn sie Gottes Wort hören sollten.

Carlsson versicherte, man könne sich ohne Zuhörer behelfen; und wenn die Mädchen die Tür zur Küche öffneten, könnten sie auch ein Wort vernehmen, während die Töpfe kochten.

Als die Alte ihre Unruhe äußerte, sie werde nicht lesen können, war Carlsson sofort bereit, die Sache zu übernehmen.

– Ach! Ich habe in meiner früheren Stellung so manche Predigt gelesen; daran soll es nicht fehlen.

Die Alte nahm den Kalender und schlug den Text des Tages auf, der heute, am zweiten Sonntag nach Ostern, vom guten Hirten handelte.

Carlsson nahm Luthers Postille vom Brett und setzte sich auf einen Stuhl mitten ins Zimmer; da konnte er sich einbilden, von der Gemeinde gut gesehen zu werden. Darauf schlug er das Gesangbuch auf und begann mit hoher Stimme, über die Tonskala laufend, wie ers von den Reisepredigern gehört und selbst getan hatte, den Text vorzupredigen.

– »Zu dieser Zeit sagte Jesus zu den Juden: Ich bin der gute Hirte: der g u t e Hirte läßt sein Leben für die Schafe. Ein Mietling aber, der n i c h t Hirte ist, dem die Schafe n i c h t gehören, sieht den Wolf kommen, verläßt die Schafe und flieht.«

Ein seltsames Gefühl persönlicher Verantwortung bemächtigte sich des Vorlesers, als er die Worte »I c h bin der gute Hirte« aussprach; er sah bedeutungsvoll zum Fenster hinaus, als suche er die beiden flüchtigen Mietlinge Rundqvist und Norman.

Die Alte nickte traurig und nahm die Katze auf die Knie, als öffne sie dem verlorenen Schaf ihre Arme.

Carlsson aber las mit vor Rührung zitternder Stimme, als habe er es selbst geschrieben, weiter.

– »Aber der Mietling flieht – ja er flieht, schmückte er aus – denn er ist M i e t l i n g (schrie er) und achtet der Schafe nicht.«

– »I c h bin der gute Hirte, und kenne meine Schafe, und meine Schafe kennen mich,« fuhr er aus dem Gedächtnis fort, da das ein Spruch aus dem Katechismus war.

Darauf senkte er die Stimme, schlug die Augen nieder, als trauere er tief über die Bosheit der Menschen, und seufzte hervor, mit starker Betonung und Seitenblicken, nicht ohne verschmitzt verstehen zu geben, daß er mit Schmerz unbekannte Schelme angebe, ohne sie gerade anzuklagen:

– »Ich habe auch a n d e r e Schafe, die nicht aus d i e s e m Schafstall sind; die muß ich heranziehen; und sie s o l l e n meine Stimme hören!«

Und mit einem verklärten Lächeln, prophetisch, hoffnungsvoll, zuversichtlich, flüsterte er:

– »Und es soll e i n e Herde und e i n Hirte sein.«

– Und e i n Hirte! echote die Alte, die ihre Gedanken ganz wo anders hatte als Carlsson.

Darauf griff er die Postille an; machte zuerst ein saures Gesicht, als er die Anzahl der Seiten überschlug und sah, daß es ein »langes Ding« war; faßte dann aber Mut und begann. Die

Behandlung des Stoffes paßte nicht ganz zu seinen Absichten, sondern hielt sich mehr an die christlich symbolische Seite; darum war sein Interesse nicht so lebhaft wie beim Text. In rasendem Laufe eilte er durch die Spalten und steigerte die Geschwindigkeit, wenn er zum Umblättern kam, so, daß er mit dem angefeuchteten Daumen zwei Blätter auf ein Mal umschlug, ohne daß die Alte etwas merkte.

Als er aber sah, das Ende war nahe, fürchtete er, gegen das Amen zu prallen; deshalb verlangsamte er die Schnelligkeit. Aber es war zu spät: beim letzten Umblättern hatte er zu dick auf den Daumen gespuckt und drei Blätter auf ein Mal genommen; nun traf er aufs Amen ganz oben auf der nächsten Seite, als stieße er mit dem Kopf gegen eine Wand.

Die Alte wachte von dem Stoß auf und guckte schlaftrunken nach der Uhr.

Carlsson wiederholte daher das Amen noch ein Mal, indem er es etwas ausschmückte:

– »Im Namen des Vaters, des Sohnes und des heiligen Geistes und um unseres Erlösers willen.«

Um den Schluß abzurunden und zu sühnen, was er verbrochen, betete er ein Vaterunser, so langsam und ergreifend, daß die Alte, die mitten in die Sonne gekommen war, noch ein Mal einnickte.

Sie hatte Zeit sich zu ermuntern, während Carlsson, um alle unangenehmen Erklärungen abzuschneiden, den Kopf in der linken Hand verbarg, um ein leises Gebet zu sprechen, das nicht unterbrochen werden durfte.

Die Alte fühlte sich auch schuldig und wollte nun ihre Aufmerksamkeit dadurch beweisen, daß sie in selbstgewählten Worten zeigte, was sie eingeheimst. Carlsson schnitt ihr aber das Wort ab, indem er bestimmt erklärte, nach dem Grundtext und den eigenen Worten des Erlösers handle es sich um nichts Geringeres: e i n e Herde und e i n Hirte! E i n e r ausschließlich, einer für alle, e i n e r , e i n e r , e i n e r !

In diesem Augenblick rief Clara laut zum Mittagessen. Aus der Tiefe des Waldes antworteten zwei fröhliche Hallohs, denen Flintenknalle folgten; und aus dem Schornstein der Schmiede stieg wie aus einem hungrigen Magen Rundqvists originelleres Puh!, das niemand verkennen konnte.

Und bald sah man die verirrten Schafe mit leichten Schritten zum Kochtopf eilen. Die Alte empfing sie, indem sie ihnen ihr Ausbleiben vorwarf. Die Antwort aber blieb keines der Unschuldigen ihr schuldig; sie beteuerten, sie hätten niemand rufen hören, sonst wären sie s o f o r t gekommen.

Carlsson verhielt sich würdig, wie es sich beim Mittagstisch am Sonntag ziemte. Rundqvist aber sprach in dunklen Worten von den höchst »merkwürdigen« Fortschritten der Landwirtschaft. Carlsson ersah daraus, daß er von der Opposition bereits eingeweiht und gewonnen war.

Nach dem Essen, das aus einem in Milch mit Pfeffer gekochten Eiderpaar bestand, zogen sich alle Mannsleute zurück, um zu schlafen; Carlsson aber nahm sein Gesangbuch aus dem Kasten und setzte sich draußen auf die Höhe, wo er einen trockenen Stein fand. Den Fenstern der Hütte drehte er den Rücken, um etwas einnicken zu können.

Die Alte fand das vielversprechend, da der Sonntagnachmittag sonst gewöhnlich verloren ging.

Als Carlsson glaubte, es sei genug Zeit verflossen, um die Andacht wahrscheinlich zu machen, stand er auf, ging, ohne anzuklopfen, in die Stube und rückte mit dem Wunsch heraus, die Kammer zu sehen.

Die Alte wollte die Sache verschieben und schützte Reinmachen vor; Carlsson aber bestand darauf. So wurde er denn auf den Boden geführt.

Da war wirklich unter dem Dachstuhl ein viereckiger Kasten eingebaut; auf dem Giebel öffnete er sich mit einem Fenster, das jetzt von einer blaugestreiften Rollgardine verhängt war. Die Kammer enthielt ein Bett und einen kleinen Tisch, der vorm Fenster stand und eine Wasserkaraffe trug. An den Wänden hing etwas, das durch die weißen, verhüllenden Laken wie Kleider aussah und sich, wenn man näher ging, auch als Kleider erwies: hier guckte ein Rockkragen mit seinem Anhänger hervor, dort schlenkerte ein Hosenbein heraus. Darunter stand ein ganzes Heer von Schuhen, Männer- und Frauenstiefeln durch einander. Hinter der Tür befand sich ein gewaltiger mit Eisen beschlagener Kasten, der ein Schlüsselschild aus getriebenem Kupfer trug.

Carlsson zog die Rollgardine auf und öffnete das Fenster, um die mit Feuchtigkeit, Kampfer, Pfeffer, Wermut vermengte Luft herauszulassen. Dann legte er die Mütze auf den Tisch und erklärte, hier werde er gut schlafen. Als die Alte ihre Befürchtungen aussprach, die Kälte werde ihm unangenehm sein, bekannte er, er sei es gewohnt, kalt zu liegen; das sei ein Vorteil, den er in der warmen Küche unmöglich haben könne.

Der Alten ging es etwas zu schnell; sie wollte erst die Kleider fortnehmen, damit sie nicht im Tabaksrauch hingen. Carlsson versprach sofort, er werde nicht rauchen; bat und beschwor sie, die Kleider hängen zu lassen. Er wolle sie nicht einmal ansehen; Tante solle sich nicht die Mühe machen, seinetwegen umzukramen. Er werde abends ins Bett kriechen und morgens selbst sein Waschwasser ausgießen und sein Bett machen. Niemand brauche hineinzugucken. Er verstehe wohl, Tante sei um ihre Habseligkeiten besorgt, und hier gebe es ja mehr als genug davon.

Als er die Alte mit seinem Mundwerk herumgekriegt hatte, ging Carlsson hinunter, holte Kasten und Branntweinkrug herauf, hing seine Jacke an einen Nagel am Fenster, stellte seine Wasserstiefel neben die anderen Schuhe.

Darauf bat er um eine Unterredung, bei der Gustav zugegen sein müsse, denn jetzt solle die Arbeit verteilt werden, damit morgen jeder auf seinem Posten sei.

Nach vieler Mühe wurde Gustav gefunden und veranlaßt, eine Weile in die Stube zu kommen; an den Verhandlungen aber nahm er nicht teil, auf Fragen antwortete er nur mit Einwendungen, warf Schwierigkeiten auf; kurz, stellte sich auf die Hinterbeine.

Carlsson versuchte ihn durch Schmeichelei zu gewinnen, ihn durch Sachkenntnis zu erdrücken, ihm Achtung vor der Überlegenheit des Älteren beizubringen; das war aber nur Wasser aufs Feuer.

Schließlich wurden alle Teile müde und Gustav war verschwunden, ehe man sich's versah.

Inzwischen war es Abend geworden und die Sonne versank in Nebel, die bald stiegen und den Himmel mit kleinen Federwolken bedeckten; die Luft aber blieb warm.

Carlsson spazierte aufs Ungefähr die Wiese hinunter und kam in den Ochsenhag; wanderte weiter unter den blühenden, noch halb durchsichtigen Haselbüschen, die gewissermaßen einen Tunnel über den »Drog« bildeten; dieser »Drog« führte zum Seeufer hinunter, wo das Brennholz von der Jacht des Aufkäufers geholt zu werden pflegte.

Plötzlich blieb er stehen: durch die Wachholdersträucher bekam er Gustav und Norman zu Gesicht; sie waren auf dem Felsenhügel einer Lichtung aufgestellt, die sich hier öffnete; hatten die Flinten angelegt, die Hähne gespannt und guckten sich nach allen Seiten um.

– Still, jetzt kommt er! flüsterte Gustav, doch so laut, daß es Carlsson hörte.

Im Glauben, er sei gemeint, verbarg sich Carlsson in den Büschen.

Aber über die jungen Fichten kam ein Vogel geflogen, langsam und träg wie eine Eule, mit schlaffen Flügeln, und gleich darauf kam noch einer.

– Quarr-Quarr-Murr-Murr-Pfip! klang es in der Luft, und dann paff! paff! aus beiden Flinten, aus denen Hagel und Rauch wie ein Besen herausfuhren.

Es knisterte in den Zweigen einer Birke, und eine Schnepfe fiel einen Steinwurf von Carlsson nieder.

Die Schützen liefen hin und holten die Beute; die veranlaßte sie zu einem kleinen Meinungsaustausch.

– Der hat seinen Teil, sagte Norman und kräuselte die Brustfedern des noch warmen Vogels.

– Ich weiß noch einen, der seinen Teil haben müßte! meinte Gustav, der trotz dem Jagdfieber noch von Nebengedanken geritten wurde. So ein Kerl, will jetzt auch auf der Kammer liegen!

– Nein, wirklich? witterte Norman.

– Ja, und dann will er Ordnung in den Hof bringen! Als wüßten wir nicht besser als er, was Ordnung ist. Aber so ist's: neue Besen kehren gut, so lange sie neu sind; doch laßt mir nur Zeit, ich werde es ihm schon zeigen!

– Und dann, sagte er nicht, die Kleesaat hole ihre Nahrung aus der Luft, was?

– Ja, aus der Luft; aus meinem Dreck holt sie die Nahrung!

Und die beiden Sachverständigen lachten, während Carlsson hinter dem Busche mit den Zähnen knirschte.

– Ja, er soll mir nur kommen, beteuerte Gustav, so einem Freischärler weiche ich nicht! Er soll mir nur kommen, hart wird er liegen! – Still, da streicht die andere zurück.

Die Schützen hatten neu geladen und liefen wieder auf ihren Anstand. Carlsson aber schlich sich behutsam nach Hause, entschlossen, zum Angriff überzugehen, sobald er genügend gerüstet war.

Als er am Abend auf die Kammer kam, die Rollgardine herabließ und das Licht ansteckte, fühlte er sich zuerst etwas beklommen, weil er allein war. Eine gewisse Furcht vor denen, von welchen er sich abgesondert hatte, überfiel ihn. Bisher war er immer gewohnt gewesen, sich zu allen Tageszeiten in Gesellschaft zu fühlen; immer bereit, angesprochen zu werden; nie um einen Zuhörer verlegen, wenn er plaudern wollte. Jetzt war es still um ihn, so still, daß er aus Gewohnheit erwartete, angesprochen zu werden; Stimmen zu hören glaubte, wo keine waren. Und sein Kopf, der sich bisher aller Gedanken im gesprochenen Wort entledigte, füllte sich mit einem Überschuß von unverbrauchtem Gedankensamen, der keimte und sprengte, um in irgend einer Form herauszukommen; der solche Unlust im Körper verursachte, daß die Ruhe des Schlafes sich nicht einfinden konnte.

Er wanderte also auf bloßen Strümpfen auf und ab, in der engen Kammer zwischen Fenster und Tür; richtete seine ganze Aufmerksamkeit auf die bevorstehende Arbeit des morgenden Tages. Er ordnete die Beschäftigungen im Kopf und verteilte sie; begegnete im voraus Einwendungen, überwand Hindernisse.

Nachdem er eine Stunde so gearbeitet, hatte er Ruhe im Kopf; der war jetzt geordnet und liniiert wie ein Kontobuch; alle Posten waren an ihrer Stelle eingetragen und zusammengezählt: in einem Augenblick konnte man die Stellung übersehen.

Darauf ging er zu Bett. Als er sich allein zwischen den reinen, frischen Laken befand, ohne fürchten zu müssen, daß jemand ihn im Laufe der Nacht stören werde, fühlte er sich erst Herr seiner eigenen Person; einem Ableger gleich, der nun eigene Wurzeln angesetzt und vom Mutterstrauch abgeschnitten werden konnte, um sein Leben für sich zu leben, in eigenem Kampf, mit größerer Arbeit, aber auch mit größerer Lust.

So schlief er ein, um dem Montagsmorgen und der Arbeitswoche des Lebens zu begegnen.

Drittes Kapitel

Der Knecht legt den Trumpf auf den Tisch, wird Herr auf dem Hof, duckt die jungen Hähne und tritt seine Hühner selbst

Der Blei laichte, der Wachholder knospete, der Faulbeerbaum blühte und Carlsson säete Frühlingssaat in die erfrorene Herbstsaat, schlachtete sechs Kühe, kaufte trockenes Stallheu für die andern, damit die wieder auf die Beine kommen und in den Wald gelassen werden konnten. Er rüstete und er ordnete, er arbeitete selbst für zwei: er hatte eine Fähigkeit, die Leute in Bewegung zu setzen, die allem Widerstand trotzte.

Auf einer Fabrik in Wärmland geboren, von ziemlich unbestimmten Eltern stammend, zeigte er schon früh eine entschiedene Unlust zu körperlicher Arbeit, entwickelte dagegen ein unglaubliches Erfindungsvermögen, sich dieser unangenehmen Folge des »Sündenfalls« zu entziehen. Darin hatte er ja Recht, zumal die Gedankenarbeit sowohl nützlicher, ehrenvoller, bequemer ist, wie sich mehr lohnt.

Zugleich von einem Verlangen getrieben, alle Seiten menschlicher Tätigkeit kennen zu lernen, blieb er nicht unnötig lange auf einer Stelle sitzen. Sobald er gelernt, was er wollte, suchte er einen neuen Wirkungskreis. Auf diese Weise war er vom Schmiedehandwerk zur Landwirtschaft übergegangen, hatte sich im Stalldienst versucht, beim Kaufmann gehandelt, war Gärtnerbursche, Bahnarbeiter, Ziegelstreicher und schließlich Reiseprediger gewesen!

Durch diese Wandlungen war sein Wesen geschmeidig geworden, hatte er die Fähigkeit erworben, sich in alle Verhältnisse und alle möglichen Menschen zu schicken; ihre Absichten zu verstehen, ihre Gedanken zu lesen, ihre geheimen Wünsche zu erraten. Er war mit einem Wort eine Kraft, die ihre Umgebung überragte. Seine mannigfachen Kenntnisse machten ihn fähiger, ein Ganzes zu leiten und zu ordnen; er wollte sich nicht als ein Rad dem Wagen einfügen, sondern sich von dem Wagen tragen lassen.

Durch einen Zufall in seine neue Stellung geworfen, sah er sofort ein: hier konnte er von Nutzen sein, hier vermochte er mit seinen Fähigkeiten das jetzt Wertlose zum Ertrag zu bringen, hier werde er deshalb bald geschätzt werden und schließlich unentbehrlich sein. Er hatte jetzt ein festes Ziel für sein Streben vor sich; und daß die Belohnung in einer verbesserten Lebensstellung auf ihn warte, hatte er hinter sich als sichere Hoffnung und treibende Kraft. Er arbeitete für die Anderen, sichtlich und unleugbar; aber zugleich schmiedete er sein eigenes Glück. Und wußte er's so anzustellen, daß es aussah, als widmete er Zeit und Kraft fremdem Vorteil, so zeigte er damit, daß er klüger als mancher war, der es gern ebenso gemacht hätte, es aber nicht konnte.

Das größte Hindernis, das sich ihm in den Weg stellte, war der Sohn. Bei dem bestimmten Geschmack des Fischers und Jägers für das Ungewisse, für Überraschungen, hatte der einen entschiedenen Widerwillen für alles Geordnete, alles Sichere. Ackert man, meinte der, so kriegt man allerhöchstens so viel, wie man berechnet hat; niemals mehr, oft aber viel weniger. Setzt man dagegen Netze, so kriegt man das eine Mal nichts, aber das nächste Mal das Siebenfache von dem, was man erwartet. Fuhr man aus, um Aale zu fangen, geschah es zuweilen, daß man einen Seehund schoß; lag man einen halben Tag in den Schären, um auf Jägergänse zu lauern, konnte es vorkommen, daß einem Eider vor den Flintenlauf kamen. Immer war es etwas, und oft etwas anderes, als man erwartet hatte.

Übrigens galt die Jagd noch, nachdem sie als Vorrecht von den oberen Klassen zu den unteren gekommen war, für vornehmer und protziger, als hinter Pflug oder Dungwagen herzugehen. Das war den Leuten so in Fleisch und Blut übergegangen, daß man keinen Knecht dazu bringen konnte, mit einem Paar Ochsen zu fahren; wohl auch weil der Ochse beschnitten, »verändert«, war; vor allem aber, weil das Pferd von Alters her in abergläubischem Ansehen stand.

Ein zweiter Stein auf dem Wege war Rundqvist. Eigentlich war es ein alter Schelm, der auf seine Art das irdische Paradies wieder zu gewinnen suchte, ein Paradies ohne schwere Arbeit und mit langen Mittagsschläfchen und vielen Schnäpsen, indem er Kenntnis von verborgenen Dingen vorspiegelte; indem er allen Ernst, besonders die grobe Arbeit, fortscherzte; indem er, im Notfall, durch Vortäuschung geistiger Schwäche und körperlicher Übel Mitleid zu erwecken wußte, besonders wenn dieses sich in einer Tasse Kaffee mit Branntwein oder einem halben Pfund Schnupftabak äußerte. Er verstand Schafe und Ferkel zu verschneiden; glaubte mit der Wünschelrute Quellen zu finden; behauptete, den Barsch ins Netz locken zu können; heilte allerlei leichte Übel bei Andern, behielt aber seine eigenen; sagte bei Neumond schönes Wetter voraus, wenn es einen halben Monat geregnet hatte; opferte fremdes Geld unter einem großen Stein am Strande, wenn der Strömling kommen sollte.

Er konnte aber auch eine Menge Schlechtigkeiten, wie er behauptete: Täschelkraut aufs Feld des Nachbars bringen, die Kühe gelt machen, Hexenschüsse austeilen und dergleichen. All das umgab seine Person mit einer gewissen Furcht, so daß man ihn gern zum Freund haben wollte.

Seine Verdienste, denn die besaß er auch und ihretwegen war er unentbehrlich, bestanden darin, daß er schmieden und tischlern konnte. Aber seine unglaubliche Fähigkeit, alles zu machen, was auffiel, erhob ihn zu einem gefährlichen Nebenbuhler; denn was Carlsson unter dem Stalldach oder draußen auf dem Felde tat, fiel nicht so sehr auf.

Blieb Norman, ein tüchtiger Arbeiter; der mußte Gustavs mächtigem Einfluß entrissen und der regelmäßigen Feldarbeit wieder gewonnen werden.

Carlsson hatte also ein gehöriges Stück Arbeit zu leisten und außerdem nicht geringe diplomatische Schlauheit zu entwickeln, um durchzudringen; da er aber der klügste war, siegte er.

Mit Gustav nahm er den Kampf gar nicht erst auf; den ließ er laufen, nachdem er dessen Bundesgenossen Norman durch allerlei Vorteile von ihm fortgelockt hatte. Das war nicht so schwer, denn Gustav war, offen gesagt, etwas geizig und behandelte Norman auf den Jagden meist als Ruderer, der nie den ersten Schuß tun durfte; kriegte er wirklich einen Schnaps, nahm Gustav heimlich deren drei. So brachten die Vorteile, die Carlsson dem Norman auswirkte, höherer Lohn, neue Strümpfe, ein Hemd und andere Kleinigkeiten, diesen bald zum Abfall; zumal Carlssons steigende Macht mehr versprach als Gustavs sinkende.

Durch Normans Abfall wurde auch die Jagdlust des Sohnes herabgesetzt, denn allein umher zu fahren, war kein Vergnügen. Infolge dieses Mangels an Gesellschaft schloß sich Gustav den Andern bei der Arbeit an.

Rundqvist zu schuppen, war etwas schwerer; dieser Fisch war sowohl häßlich wie alt; aber Carlsson kriegte ihn auch bald in den Fischkasten.

Statt Geldstücke zu opfern, ließ Carlsson die Netze ausbessern und neue Leinen in alle Schleppzüge ziehen; und siehe da, der Strömling blieb besser hängen als früher. Statt mit der auf einem andern Baum gewachsenen Mistel nach neuen Quellen zu suchen, ließ Carlsson den alten Brunnen füttern und reinigen, baute eine Wanne darum und steckte einen Pumpenstock hinein; damit war die Mistel auf den Kehrichthaufen geworfen. Statt die Kühe zu besprechen und Feuer über sie zu schlagen, ließ er sie putzen und gab ihnen trockene Streu. Konnte Rundqvist Hufnägel schmieden, zog Carlsson Haken; konnte Rundqvist einen Rechen schnitzen, tischlerte Carlsson sowohl Pflug wie Walze.

Als Rundqvist sich aus allen seinen Maulwurfslöchern verjagt sah, griff er zu Mitteln, die mehr in die Augen fielen. Er begann rings ums Haus aufzuräumen; schaffte weg, was man den Winter über aus Nachlässigkeit oder infolge der Dunkelheit auf den Hof hatte »fallen« lassen; machte Hühnern und Katze den Hof; setzte eine neue Klinke an die Tür.

– Nein, wie nett Rundqvist geworden ist! Hat uns eine neue Klinke an die alte Tür gemacht! Ja, er kann nett sein, wenn er nur will.

So hörte Carlsson die Mägde in der Küche sprechen.

Aber Carlsson war wie ein Pfeil hinter ihm her. Eines Morgens war der Herd weiß gestrichen; eines andern Morgens waren die Wassereimer grün angemalt, mit schwarzen Rändern und weißen Herzen; wieder eines andern Morgens lag das Holz unter einem Dach, das er hinter der Vorratskammer aufgeschlagen. Carlsson hatte vom Feinde gelernt, die Großmacht der Küche zu gewinnen; mit dem neuen Pumpenstock war er unwiderstehlich geworden.

Rundqvist war jedoch zäh und hinterlistig; in einer Sonnabendnacht strich er den Abtritt grell rot.

Carlsson aber war ihm gewachsen; er gewann Norman mit einem Viertel Branntwein, und in der Dreifaltigkeitsnacht hörte die Alte, wie es um die Wände des Hauses tuschelte und raschelte; da sie aber zu verschlafen war, um aufzustehen, sah sie erst am Morgen, daß die ganze »Stuga« rot gestrichen war und weiße Fensterpfosten und weiße Dachrinnen hatte!

Damit war es mit Rundqvists Kraft, einen für sein Alter gar zu anstrengenden Kampf fortzusetzen, zu Ende. Man lachte jetzt über seinen köstlichen Geschmack, die Verschönerungen mit dem Abtritt zu beginnen. Norman, als echter Abtrünniger, machte einen Witz über ihn, der lange im Schwange blieb:

– Man muß am rechten Ende anfangen, sagte Rundqvist und strich zuerst den Abtritt an.

Rundqvist ergab sich, legte sich aber auf die Lauer, um noch einmal neue Schliche zu versuchen oder einen vorteilhaften Frieden zu schließen.

Gustav ließ sie gewähren; er sah zu und fand gut, was geschah.

– Pflügt ihr nur, dachte er; ich werde schon kommen und einheimsen.

Bisher hatte Carlssons Tätigkeit noch nicht Zeit genug gehabt, um es zu greifbaren Ergebnissen zu bringen. Das Geld, das für den Verkauf der Kühe eingenommen war, hatte allerdings einige Tage im Sekretär gelegen, nachdem es bei der Aufzählung einen ausgezeichneten Eindruck gemacht; es war aber bald wieder ausgegeben worden und hatte die Leere des Vermissens zurückgelassen.

Es ging gegen Mittsommer. Carlsson hatte viel zu bestellen gehabt und wenig Zeit zu Spaziergängen gefunden. Eines Sonntagsnachmittags ging er aber die Höhe hinauf und guckte sich um. Da fiel ihm die große Stuga in die Augen, die mit herabgelassenen Rollgardinen verödet dastand. Neugierig, wie er war, ging er hin und fand die Tür offen. Er trat in den Flur und entdeckte eine Küche; ging weiter und kam in ein großes Zimmer, das wirklich herrenmäßig aussah: weiße Gardinen, Himmelbett mit Messingbeschlägen, ein Spiegel mit geschnitztem und vergoldetem Rahmen und geschliffenem Glas – das war fein, das wußte er! – Sofa, Sekretär, Kachelofen; alles genau wie auf einem Herrenhof. Auf der andern Seite des Flurs war ein ebenso großes Zimmer mit Kamin, Eßtisch, Sofas, Wanduhr ...

Er war erstaunt und empfand Respekt. Bald aber begann er die Besitzer, die so wenig Unternehmungsgeist besaßen, zu bemitleiden und zu verachten; besonders als er sah, daß das Haus noch zwei Kammern mit mehreren gemachten Betten hatte.

– Oh, oh, oh, dachte er laut; so viel Betten und keine Badegäste.

Von dem Gedanken an die künftige Einnahme berauscht, ging er sofort zur Alten hinunter und hielt ihr vor, es sei Verschwendung, die Stuga nicht an Sommergäste zu vermieten.

– Ach was, wir finden niemand, der hier wohnen will! wehrte sich die Alte.

– Wie wißt Ihr das? Habt Ihr versucht? Habt Ihr die Stuga in der Zeitung angezeigt?

– Das heißt nur Geld in die See werfen! meinte Frau Flod.

– Man wirft auch Netze in die See, antwortete Carlsson. Und das muß man tun, wenn man was erhalten will.

– Versuchen kann man's ja; aber Badegäste kriegen wir nicht, schloß die Alte, die nicht mehr an die Erfüllung von Wünschen glaubte.

Acht Tage später kam ein feiner Herr über die Wiese und sah sich um. Er kam näher. Als er auf den Hof trat, wurde er allein von dem Hunde empfangen, weil sich die Leute, nach ihrer Gewohnheit, aus Schüchternheit oder Feingefühl, in Küche und Stube verborgen hielten, nachdem sie vorher in einem Knäuel draußen gestanden und nach dem Besuch gegafft hatten. Erst als der Herr in die Tür trat, kam Carlsson als der Mutigste ihm entgegen.

Der Kömmling hatte eine Anzeige gelesen.

– Jaja, das ist hier!

Carlsson führte ihn nach der Großstuga hinauf.

Der Herr war ziemlich zufrieden. Carlsson versprach alle Verbesserungen, wenn der Herr sich sofort entscheide; denn der Bewerber seien viele und die Jahreszeit sei vorgeschritten.

Der Fremde schien von der schönen Lage des Hauses gefesselt zu werden und beeilte sich, abzuschließen.

Nachdem beide Teile sich nach den gegenseitigen Verhältnissen, wirtschaftlichen sowohl wie familiären, erkundigt hatten, entfernte der Fremde sich wieder.

Carlsson begleitete ihn bis zur Feldtür. Dann stürzte er in die Hütte zurück und legte vor Hausfrau und Sohn sieben Scheine zu je zehn Kronen und einen zu fünf auf den Tisch.

– Aber es ist nicht richtig, den Leuten soviel Geld abzunehmen, murrte die Alte.

Gustav aber war zufrieden; zum ersten Male sprach er Carlsson seine Anerkennung aus, als dieser erzählte, wie er durch den Hinweis auf viele Bewerber den Herrn gedrängt habe.

Geld auf den Tisch, das war ein Trumpf für Carlsson. Nach diesem Stückchen, bei dem ihm seine Erfahrung in Geschäftssachen zu gute gekommen war, sprach er in einem höheren Tone.

Es sei nicht nur das bare Geld für die Miete, das ihnen in den Schoß gefallen; es werde auch indirekte Einkünfte regnen.

Und Carlsson malte die Aussichten den lauschenden Zuhörern in raschen Zügen aus.

Man werde Fische, Milch, Eier, Butter verkaufen; Feuerung brauche man nicht umsonst zu liefern; nicht zu sprechen von den Fahrten nach dem Badeort Dalarö, für die man jedes Mal eine Krone nehmen könne. Und dann könnte man ein Kalb, ein Schaf, ein Huhn, Kartoffel und Gemüse absetzen. Oh, da sei etwas zu machen! Und es sei ein feiner Mann!

Am Mittsommerabend langten die erwarteten Goldfische an. Es waren Mann und Frau, eine Tochter von sechzehn und ein Sohn von sechs Jahren, dazu zwei Dienstmädchen.

Der Herr war Geiger der Hofkapelle, lebte in guten Verhältnissen, war ein Mann des Friedens, stand am Eingang der Vierziger. Er war von deutscher Geburt und konnte die Inselbauern nicht gut verstehen; darum beschränkte er sich darauf, zu allem, was sie sagten, beifällig zu nicken und »schön« zu sagen; so kam er rasch in den Ruf, ein sehr netter Herr zu sein.

Die Dame war eine ordentliche Hausfrau, die ihr Haus und ihre Kinder pflegte und sich durch ihr würdiges Benehmen bei den Mägden in Respekt zu setzen wußte, ohne zu wettern oder zu bestechen.

Carlsson nahm sich sofort als der am wenigsten Schüchterne und am meisten Sprechende der Fremdlinge an. Dazu hatte er ja auch ein Vorrecht, da er sie hergebracht. Auch besaß niemand von den andern weder die unternehmende Lust noch die gesellige Gabe, ihm seinen Platz streitig zu machen.

Die Ankunft der Städter unterließ nicht, ihren Einfluß auf Sinne und Sitten der Inselbauern auszuüben. Täglich Menschen vor sich zu sehen, die festtäglich gekleidet waren, jeden Tag zum Sonntag machten, ohne Ziel spazieren gingen und ruderten, badeten und musizierten; sich die Zeit vertrieben, als gebe es keinen Kummer, keine Arbeit in der Welt – das erregte anfangs keinen Neid sondern nur Erstaunen; Erstaunen darüber, daß das Leben sich so gestalten könne; Erstaunen über Menschen, die ihr Dasein so angenehm und ruhig, so rein und fein vor allem einzurichten vermochten, ohne daß man sagen konnte, sie hätten Andern Unrecht getan oder Arme geplündert.

Ohne sich dessen bewußt zu werden, fingen die Inselbauern an, sich stillen Träumen hinzugeben; verstohlene Blicke nach der Großstuga zu werfen. Sahen sie ein helles Sommerkleid auf der Wiese aufleuchten, blieben sie stehen und weideten sich an dem Anblick wie an etwas sehr Schönem. Gewahrten sie einen weißen Schleier um einen italienischen Strohhut, ein rotes Seidenband um einen schlanken Leib, in einem Boot auf der Bucht, zwischen den Fichten des Waldes, wurden sie still und andächtig vor Sehnsucht nach einem unbekannten Etwas, das sie nicht zu hoffen wagten, zu dem sie sich aber hingezogen fühlten.

Gespräch und Lärm unten in der Küche und der alten Stuga nahmen eine stillere Art an. Carlsson erschien beständig in reinem, weißem Hemd, hatte auch wochentags eine blaue Tuchmütze auf und nahm allmählich das Aussehen eines Verwalters an; hatte einen Bleistift in der Brusttasche oder hinterm Ohr und rauchte oft eine leichte Zigarre.

Gustav zog sich dagegen zurück, hielt sich so abseits wie möglich, um nicht zu Vergleichen Anlaß zu geben; sprach bitter von Städtern im allgemeinen; mußte sich und andere öfters als früher an das Geld auf der Bank erinnern; machte weite Bogen, um an der Großstuga vorbeizukommen und den hellen Kleidern auszuweichen.

Rundqvist ging mit finsterm Gesicht umher, hielt sich meist in der Schmiede auf und erklärte, er frage den Teufel nach der ganzen Welt, und sei es die Königinwitwe selber.

Norman dagegen holte seine Soldatenmütze hervor, schnallte den Hungerriemen über das Wams und schlug Haken um den Brunnen, wohin die Mägde der Herrschaft morgens und abends zu kommen pflegten.

Am schlimmsten kamen Clara und Lotte weg; die sahen bald alle Mannsleute feige abfallen, um zu den Mägden der Herrschaft überzugehen, die sich auf Briefen Fräulein nennen ließen und im Hut nach Dalarö, dem Badeort, fuhren. Clara und Lotte mußten barfuß gehen; im Viehstall war es so schmutzig, daß sie ihre Stiefel bald verdorben hätten; und in der Küche war es zu heiß, um beschuht zu sein. Sie trugen dunkle Kleider und konnten sich nicht einmal eine weiße Passe erlauben, infolge von Schweiß, Ruß, Spreu. Clara machte einen Versuch mit Manschetten, kam aber übel an; sie wurde sofort entlarvt, und man lachte lange über sie, daß sie sich in Wettstreit eingelassen. Doch am Sonntag hielten Clara und Lotte sich schadlos; da legten sie einen Eifer für den Kirchgang an den Tag, wie man seit Jahr und Tag nicht gesehen; nur um ihre besten Kleider anziehen zu können.

Carlsson machte sich immer etwas beim Professor zu schaffen; blieb stets am Vorbau stehen, wenn jemand dort saß; fragte nach dem Befinden; sagte schönes Wetter voraus; schlug Ausflüge vor; gab Ratschläge über die Seefischerei. Dann und wann bekam er ein Glas Bier oder einen Kognak. Die Anderen beschuldigten ihn bald, halblaut, er schmarotze.

Am Sonnabend, wenn die Köchin der Herrschaft nach dem Badeort Dalarö fuhr, um einzukaufen, entstand ein Meinungsaustausch, wer sie rudern solle. Carlsson entschied die Sache ganz einfach zu seinen Gunsten, denn das kleine, schwarze, weißhäutige Mädchen hatte es ihm angetan. Als die Alte ihm Vorstellungen machte, der erste und wichtigste Mann auf dem Hofe dürfe sich nicht mit solchen kleinen Dingen befassen, antwortete Carlsson, der Professor habe ihn eigens gebeten, weil wichtige Briefe zur Post müßten. Gustav verriet wider Willen, daß auch ihm daran gelegen sei, den Boten zu machen, indem er vorschlug, die Briefe sollten ihm anvertraut werden.

Carlsson aber erklärte bestimmt, er könne unmöglich zugeben, daß der Hausherr Knechtesdienste verrichte; das gebe den Leuten nur Stoff zum Klatschen. Und dabei blieb es.

Den Dalaröboten zu machen, hatte seine Vorteile, die der findige Knecht im voraus aufgespürt. Zuerst war man allein mit einem Mädchen auf See und konnte ungestört mit ihr schwatzen und schäkern. Dann folgten Bewirtung und Trinkgelder. Und im Badeorte konnte er sich alle Kaufleute verpflichten, indem er ihnen einen Kunden verschaffte; das brachte immer einen Händedruck ein, einen Schnaps hier, eine Zigarre dort; auch fiel ein gewisser Schein von Ansehen auf den, der Aufträge vom Professor zu besorgen hatte, am Wochentag fein gekleidet war und sich in Gesellschaft eines Fräuleins aus Stockholm befand.

Die Fahrten nach Dalarö fanden jedoch nur ein Mal in der Woche statt und hatten keinen störenden Einfluß auf den regelmäßigen Gang der Arbeit. Carlsson war nämlich so pfiffig, die Tage, an denen er fort war, den Burschen die Arbeit in Akkord zu geben: sie mußten so und so viele Klafter entwässern, so und so viele Äcker pflügen, so und so viele Bäume fällen; dann waren sie frei. Die Leute gingen mit Vergnügen darauf ein, denn auf diese Weise konnten sie schon zur Vesperzeit fertig sein.

Bei solchen Gelegenheiten, wenn die Arbeit zugemessen und die geleistete geprüft werden mußte, kam der Bleistift und das jetzt eingeführte Notizbuch zu Ehren. Carlsson gewöhnte sich daran, als Verwalter aufzutreten und allmählich die Arbeit auf andere Schultern gleiten zu lassen.

Gleichzeitig richtete er sich auf der Kammer wie in seinem eigenen Junggesellenzimmer ein. Tabakrauchen war längst eingeführt; auf den Tisch am Fenster hatte er ein grünes Taschentintenfaß, Federhalter, Bleifeder, einige Bogen Postpapier aufgetischt und mit Leuchter und Streichholzgestell geordnet: es sah aus wie ein Schreibtisch. Das Fenster ging nach der Großstuga; daran saß er in seinen Erholungsstunden und beobachtete die Bewegung der Herrschaft; auch konnte er hier zeigen, daß er zu schreiben verstand.

Abends machte er das Fenster auf, legte die Ellbogen aufs Fensterbrett und schmauchte eine Pfeife oder einen Zigarrenstummel, den er aus der Westentasche hervorsuchte. Oder er las ein Wochenblatt. Von unten sah das so aus, als sei er der Hausherr selbst.

Wenn es aber dämmerig wurde und er Licht ansteckte, legte er sich aufs Bett und rauchte. Dann kamen die Träume, Pläne vielmehr; die bauten sich auf Umstände auf, die zwar noch nicht eingetreten waren, aber durch eine kleine Änderung sich vielleicht einstellen konnten.

Als er eines Abends so auf dem Rücken lag und »Schwarzen Anker« qualmte, um die Mücken zu betäuben, während seine Augen sich auf das weiße Laken hefteten, das die Kleider bedeckte, ließ dieses plötzlich los und fiel zu Boden. Wie den Schatten einer Reihe Soldaten sah er die ganze Garderobe des Verstorbenen an der Wand Flankenmarsch machen; gegen das Fenster und zurück zur Tür, je nachdem das Licht im Zuge flackerte. Carlsson glaubte den Toten in all den Gestalten zu sehen, welche die Kleider auf die karrierte Tapete zeichneten. Da kam er in Joppe aus blauer Boi und in grauen Tuchhosen, in denen Knie waren, da er mit denen im Trebel am Steuer gesessen, wenn er mit Fischen nach der Stadt segelte, um dann in der »Messingstange« mit dem Fischkäufer Toddy zu trinken. Hier kam er in schwarzem Gehrock und langen, flatternden Hosen: so ging er zur Kirche, wenn Beichte war; so war er auf Hochzeit, Begräbnis, Kindstaufe gekleidet. Dort hing die schwarze Jacke aus Schaffell; die hatte er an, wenn er im Herbst und Frühling am Strande stand und Zugnetze zog. Dort brüstete sich der große Seehundpelz, der noch Spuren vom Weihnachtsschmaus trug. Der Reisegurt, mit grünem, gelbem, rotem Wollgarn gestickt, ringelte sich wie die große Seeschlange bis auf den Boden und steckte den Kopf in einen Stiefelschaft.

Carlsson wurde warm unterm Hemd, wenn er sich in den schönen, seidenweichen Pelz hineindachte; sich vorstellte, wie er auf einem Schlitten übers Eis schoß, eine Kappe aus Seehundsfell auf dem Kopf; wie die Nachbarn den Weihnachtsgast am Strande mit Feuern und Büchsenschüssen empfingen; wie er in der warmen Stube den Pelz auszog, um dann im schwarzen Tuchrock dazustehen; wie der Pastor ihn mit du begrüßte und er ganz oben an der Schmalseite des Tisches sitzen durfte, während die Knechte an der Tür standen oder sich aufs Fensterbrett geschwungen hatten.

Die Vorstellungen von den erwünschten Seligkeiten wurden so lebhaft, daß sie Carlsson auf die Beine brachten; ehe er sich dessen bewußt wurde, war er in den Pelz geschlüpft und strich mit der Hand über die Pulswärmer; als kose er die Brüste eines Weibes, so weich und fein war das Fell; und es schauerte ihn, als der Kragen seine Backe kitzelte.

Dann zog er den schwarzen Gehrock an und knöpfte ihn zu; stellte seinen Rasierspiegel auf den Stuhl und sah nach, wie der Rock im Rücken saß; steckte die Hand unter den Aufschlag und ging im Zimmer auf und ab. Ein Gefühl von Reichtum verbreitete sich von dem seidenweichen Tuch; etwas Geräumiges, etwas Rundliches, als er zur Probe den Schoß spaltete und sich auf den Bettrand setzte; so tuend, als sei er auf Besuch.

Während er so ganz in berauschenden Träumen versunken war, hörte er von draußen Stimmen, die plauderten; als er aufhorchte, merkte er, wie sich Idas (das war die hübsche Köchin) und Normans Stimmen verflochten, zusammenfielen, Seite an Seite gingen, sich gleichsam schnäbelten. Das gab ihm einen Stich; mit einem Griff hatte er Gehrock und Pelz unter die Kleider hinter das Laken gehängt; bewaffnete sich mit einer neuen Zigarre und ging die Treppe hinunter.

Mit ernsten Zukunftsplänen beschäftigt, hatte Carlsson bisher alle Händel mit Mädchen vermieden. Erstens wußte er, wieviel Zeit dabei verloren geht; dann fühlte er, im selben

Augenblick, in dem er das Feuer nach dieser Seite eröffnete, gab es keine Sicherheit mehr; er konnte sich eine Blöße geben, die schwer zu verteidigen war; und war er einmal auf diesem Felde geschlagen, war es aus mit Respekt und Ansehen.

Als sich jetzt aber die anerkannte Schönheit dem Wettstreit aussetzte, und der Sieger zu viel zu gewinnen hatte, fühlte er sich veranlaßt, die Sporen zu benutzen und den Kamm zu erheben; mit dem festen Entschluß, der Hahn zu werden, ging er auf den Holzplatz hinunter, wo das Spiel schon in vollem Gange war. Es ärgerte ihn nur, daß er sich mit Norman messen mußte; wäre es wenigstens Gustav gewesen! Aber dieser Tropf Norman! Nun, der sollte mal sehen!

– Guten Abend, Ida! begann er, ohne von dem Nebenbuhler Notiz zu nehmen, der unwillkürlich seinen Platz am Zaun verließ.

Carlsson nahm diesen Platz sofort ein und begann das Spiel. Während Ida Holz und Späne in die Holztrage las, machte er von seiner überlegenen Beredsamkeit einen solchen Gebrauch, daß Norman kein Wörtchen anbringen konnte.

Ida aber war launenhaft wie beim Mondwechsel; sie warf Norman Seitenworte zu, die Carlsson jedoch im Fluge aufgriff und zurücksandte, hübsch verziert und schön ausgemalt.

Aber die Schöne fand Gefallen an dem Kampf und bat Norman, ihr etwas Kienholz zu spleißen. Ehe der Glückliche bis zur Tür kam, war Carlsson schon über den spitzen Zaun gestiegen, hatte sein Klappmesser gezogen und begann einen trockenen Fichtenklotz zu spleißen. In wenigen Minuten legte er die Späne in die Holztrage, faßte alles mit dem kleinen Finger zusammen und trug es direkt in die Küche, in die ihm Ida folgte. Dort blieb er am Türpfosten stehen, indem er sich so breit machte, daß niemand weder hinaus noch herein konnte.

Norman, dem es nicht gelang, irgend ein Anliegen zu erfinden, umkreiste zuerst einige Male den Holzplatz, um milzkrank darüber nachzusinnen, wie leicht der Unverschämte im Leben vorwärts kommt; bis er schließlich für gut fand, abzuziehen. Er setzte sich auf den Brunnenrand und stöhnte seine Klage in einem Schottischen aus, den er aus der Handharmonika holte.

Die weichen Töne der Blechzungen drangen doch durch die dicke Abendluft, am Türpfosten vorbei, und erreichten den Thron der Barmherzigkeit am Küchenherd: Ida erinnerte sich jetzt, sie müsse zum Brunnen gehen, um für den Professor Trinkwasser zu holen.

Carlsson folgte ihr; dieses Mal aber fühlte er sich doch etwas unsicher in dem Kampf auf einem Felde, das ihm ganz fremd war. Um die Wirkung des zauberischen Lockrufs aufzuheben, nahm er Idas Kupferflasche und flüsterte zärtliche Worte; in einem so schmachtenden und wohlklingenden Tone, wie er nur irgend vermochte; als wolle er der verführerischen Musik Worte unterlegen und das Solo zu einer untergeordneten Begleitung herabsetzen.

Aber gerade als sie zum Brunnen kamen, rief die Hausmutter oben aus der Hütte. Sie rief Carlsson, und in ihrem Ton war zu hören, daß es sich um etwas Wichtiges handelte.

Zuerst wurde Carlsson böse und wollte nicht antworten; da aber fuhr der Teufel in Norman: mit schallender Stimme rief der:

– Hier, Tante! Er kommt sofort!

Indem er den falschen Spielmann zur Hölle wünschte, riß sich der Sieger aus den Armen der Liebe und ließ die halb errungene Beute dem Schwächern, der sein Liebesglück nur einem Schicksal zu verdanken hatte.

Die Alte rief noch ein Mal; mit zorniger Stimme antwortete Carlsson, er komme so schnell, wie er nur könne.

– Wollt Ihr näher treten, Carlsson, und eine Halbe trinken, empfing die Alte ihn im Vorbau, mit der Hand die Augen beschattend, um die leichte Sommerdämmerung zu durchdringen und zu sehen, ob er allein komme.

Carlsson hätte sonst gern eine Halbe getrunken, aber in diesem Augenblick wünschte er allen Kaffee und Branntwein zur Hölle; doch konnte er nicht nein sagen; während Normans norrköpinger Scharfschützenmarsch siegesstolz und hohnvoll von der Quellwiese heraufklang, mußte er in die Stuga hinein.

Die Alte war milder als gewöhnlich; Carlsson aber fand sie älter und häßlicher als gewöhnlich. Je freundlicher sie sich zeigte, desto mürrischer wurde er; das machte die Alte schließlich beinahe zärtlich.

– Die Sache ist die, Carlsson, sagte sie schließlich, während sie ihm Kaffee eingoß: wir müssen für nächste Woche zur Mahd aufbieten. Darum möchte ich natürlich erst mit Euch sprechen.

Die Harmonika verstummte mitten in den schmelzenden Akkorden des Trios; Carlsson erstarrte und wurde unaufmerksam, um schließlich einige Worte ohne Klang und ohne richtigen Zusammenhang hervorzubringen:

– Jaja, also die Mahd in nächster Woche!

– Und da möchte ich, fuhr die Alte fort, daß Ihr am Sonnabend mit Clara hinfahrt und aufbietet; dann kommt Ihr auch etwas unter die Leute und könnt Euch zeigen, denn das ist immer gut.

– Aber am Sonnabend kann ich nicht, antwortete Carlsson mürrisch; da muß ich für Professors nach Dalarö.

– Einmal könnte wohl Norman die Fahrt machen, wendete die Alte ein und drehte dem Knecht den Rücken, um seine Miene nicht sehen zu müssen.

In diesem Augenblick brachte die Harmonika einige weiche, von Pausen unterbrochene Sätze hervor, die sich zu entfernen schienen, um draußen in der Sommernacht, wo die Nachtschwalbe schon an ihrem surrenden Rocken spann, zu verhallen.

Carlsson schwitzte Todesschweiß, goß den Kaffeebranntwein hinunter, fühlte Steine auf der Brust, Nebel um den Kopf, eine allgemeine Schwäche in den Nerven.

– Das kann Norman nicht, stieß er hervor; Norman kann die Geschäfte des Professors nicht besorgen – und – er wird auch nicht damit betraut.

– Aber ich habe den Professor gefragt, schnitt die Alte den Faden ab; und er sagte, er habe für diesen Sonnabend nichts.

Es war wie verhext für Carlsson; die Alte hatte ihn wie eine Maus gepackt; es war kein Loch mehr vorhanden, in das er schlüpfen konnte.

Und seine Gedanken gingen nach so verschiedenen Richtungen, daß er sie kaum zu einer Gegenwehr sammeln konnte. Das sah die Alte auch, und sie wollte darum kneten, solange der Teig gärte.

– Hört mal, Carlsson, sagte sie; Ihr müßt es Euch nicht zu Herzen nehmen, wenn ich Euch was sage; denn ich meine es gut mit Euch.

– Ihr mögt meinetwegen sagen, was zum Teufel Ihr wollt: denn jetzt ist es mir doch ganz einerlei, brach Carlsson los, der die zärtlichen Töne der Harmonika im Hag verklingen hörte.

– Ich wollte nur sagen, Ihr müßt Euch für zu gut halten, um mit den Mädchen zu spielen; das nimmt nur ein schlimmes Ende. Ja, ich weiß; ich kenne das; und es ist gut gemeint von mir, Carlsson. Solche Stadtmädchen müssen immer einen Troß Männer hinter sich haben, damit es nach was aussieht; und dann wird hier scherwenzelt und dort gehänselt; und gehen sie in den Wald mit Einem, laufen sie in den Hag mit dem Andern. Und wenn es schief geht, so nehmen sie den, ders am besten tragen kann. So ist's bestellt!

– Was kümmert's mich, wer die Burschen bürstet; meiner sollen sie nicht habhaft werden. Übrigens ist ein Unterschied zwischen Mädchen und Mädchen; alle sind nicht Dirnen, die verkommen, erleichterte Carlsson sein volles Herz.

– Nicht übel aufnehmen, tröstete die Alte. Aber ein Mann wie Ihr, Carlsson, sollte ans Heiraten denken, nicht solchen Mädchen nachlaufen. Hier in den Schären gibt es viele reiche Mädchen, kann ich Euch sagen; und seid Ihr klug und macht Ihr Eure Sache gut, so könnt Ihr früher als Ihr glaubt Euer eigener Herr werden. Darum müßt Ihr nicht eigensinnig sein, Carlsson, sondern auf das hören, was ich Euch sage, wenn ich Euch bitte, zu den Nachbarn zu fahren und sie zur Mahd zu laden. Bedenket doch, nicht Jeden hätte ich aufgefordert, im Namen des Hofes zu fahren; und der Junge wird wohl auch über mich herfallen. Aber daran kehre ich mich nicht: halte ich mich an einen, so stütze ich ihn auch; darauf könnt Ihr Euch verlassen.

Es begann in Carlssons Innern ruhig zu werden; es leuchtete ihm ein, daß es seine Vorteile haben müsse, den Hof zu vertreten; aber er war noch zu sehr gereizt, um seine Flamme gegen etwas Ungewisses zu vertauschen; er hatte ein Bedürfnis, zuerst etwas Handgeld zu erhalten, ehe er sich auf das Geschäft einließ.

– So wie ich hier bin, kann ich nicht gehen, und saubere Kleider habe ich nicht, warf er seine Schnur aus.

– So schlimm ist es mit den Kleidern wohl nicht, meinte die Alte; wenn aber weiter nichts fehlt, so werden wir schon Rat schaffen.

Weiter mochte Carlsson in dieser Richtung nicht gehen; dafür wollte er lieber das angedeutete Versprechen gegen ein anderes, bestimmtes, auswechseln. Nach verschiedenen Einwendungen der Alten gelang es ihm auch, zu erreichen, daß Norman, als unentbehrlich beim Schleifen der Sensen und Ausbessern des Heuwagens, zu Hause bleiben sollte, während Lotte Ida nach Dalarö fuhr.

Es war drei Uhr morgens an einem Julitage im Anfang des Monats. Es raucht schon aus dem Schornstein, der Kaffeekessel ist aufgesetzt; das ganze Haus ist wach und in Bewegung; draußen auf dem Hof ist ein langer Kaffeetisch gedeckt.

Die Schnitter sind am Abend vorher gekommen und haben auf Heuboden und Scheune geschlafen. Zwölf stattliche Männer aus den Schären, in weißen Hemdärmeln und Strohhüten, stehen in Gruppen vor der Stuga, mit Sensen und Wetzsteinen bewaffnet.

Da ist der Alte aus Owassa und der Alte aus Svinnockar, deren Rücken vom Rudern rund geworden sind; da ist der von Aspö mit seinem langen Heldenbart, einen Kopf höher als die Andern, mit tiefen, traurigen Blicken von der Einsamkeit draußen am offenen Meere, von Kummer ohne Namen und ohne Klage; das ist der Fjällonger, eckig und halb gedreht, wie eine Meerkiefer draußen auf der letzten Schäre; der von Fiversätra, mager, durchweht, lebhaft, trocken wie eine Kaffeehaut; die Quarnöer, Bootbauer von Ruf; die von Longskär, die ersten Seehundschützen; der Bauer von Arnö mit seinen Jungen.

Und um ihnen, zwischen ihnen bewegten sich die Mädchen, in Hemdärmeln, mit Brusttüchern über den Busen, in hellen Kleidern aus Baumwolle, mit Tüchern auf dem Kopf. Die

Harken, die in allen Farben des Regenbogens frisch bemalt waren, hatten sie selbst mitgebracht. Sie sahen aus, als gingen sie zu einem Fest, nicht zu einer Arbeit. Die Alten klopften sie mit den Fingerknöcheln auf die Taille und sagten ihnen vertrauliche Worte. Die Burschen aber verhielten sich so früh am Morgen beiseite; sie warteten den Abend mit Dämmerung, Tanz und Musik ab, um ihre Liebesspiele zu spielen.

Die Sonne war seit einer Viertelstunde aufgegangen, aber noch nicht so weit über die Wipfel der Kiefernhöhe gekommen, um den Tau aus dem Gras zu lecken. Die Bucht lag spiegelblank da, von dem jetzt blaßgrünen Schilf eingefaßt; das Piepen der eben ausgebrüteten jungen Enten war zwischen dem Schnattern der alten zu hören; die Möwen fischten dort unten Ukeleis, segelnd, groß, flügelbreit, schneeweiß wie die Gipsengel der Kirche; in der Kellereiche waren die Elstern erwacht und schwatzten und kicherten von den vielen Hemdärmeln, die sie unten auf dem Haushügel gesehen; der Kuckuck rief im Hag, brünstig, rasend, als sei die Zeit des Begehrens zu Ende, wenn er den ersten Heuschober erblickte; die Wiesenknarre arpte und schnarpte unten im Roggenfelde; aber auf dem Hügel sprang der Hund und begrüßte alte Bekannte.

Hemdärmel und Leinenpassen glänzten im Sonnenschein, streckten sich über den Kaffeetisch, auf dem Tassen und Schüsseln, Gläser und Kannen klirrten: die Bewirtung hatte begonnen.

Gustav, sonst schüchtern, machte den Wirt; sich unter den alten Freunden seines Vaters sicher fühlend, setzte er Carlsson in Schatten und handhabte selber die Branntweinflasche.

Carlsson aber, der auf seiner Einladungsfahrt Bekanntschaften geschlossen, benahm sich, als sei er zu Hause, wie ein älterer Angehöriger oder Gast, und ließ sich den Hof machen. Da er vor Gustav zehn Jahre voraus hatte und ein männlicheres Aussehen besaß, stach er diesen aus; zumal Gustav für die Männer, die sich mit seinem Vater geduzt, kaum etwas anderes als »der Junge« werden konnte.

Der Kaffee war getrunken, die Sonne stieg, die Veteranen setzten sich in Bewegung, um nach der großen Wiese hinunter zu ziehen, die Sensen auf den Schultern; die Jungen und die Mädchen folgten.

Das Gras reichte den Männern bis an die Schenkel und stand dicht wie ein Fell. Carlsson mußte über die neue Bewirtschaftung der Wiese Bescheid geben; wie er Laub und Gras vom vorigen Jahr abräumte, die Maulwurfshaufen ebnete, in die Frostflecken säete, mit Jauche begoß.

Dann verteilte er wie ein Hauptmann seine Truppe; gab den Alten und Vermögenden Ehrenplätze und ging selbst an letzter Stelle; verlor sich also nicht im Haufen.

Und so begann die Schlacht. Zwei Dutzend weiße Hemdärmel in einem Keil, ziehenden Schwänen gleich, die Sensen Ferse an Ferse; und hinterdrein, in zerstreuter Ordnung, wie ein Volk Fischschwalben, launenhaft hin und her springend, aber doch zusammen haltend, die Mädchen mit ihren Harken; jede ihrem Mäher folgend.

Es sauste um die Sensen, und das tauige Gras fiel in Büscheln. Seite an Seite lagen alle Blumen des Sommers, die sich aus Wald und Hag heraus gewagt: Gänseblume und Kuckucksblume, Pechnelke und Labkraut, Kälberkropf, Heidenelke, Erve, Wachtelweizen, Steinsame, Pestwurz, Kleeblatt; und alle Gräser und Halbgräser der Wiesen. Es duftete nach Honig und Gewürzen; Bienen und Hummeln flohen in Schwärmen vor der mörderischen Schar. Die Maulwürfe verkrochen sich in die Eingeweide der Erde, als sie es in ihrem gebrechlichen Dach krachen hörten. Die Ringelnatter schlüpfte erschrocken in den Graben und verschwand in ein Loch, das nicht größer als ein Tauende war. Aber über das Schlachtfeld in die Höhe schwang sich ein Lerchenpaar, dessen Nest ein Absatzeisen zertreten hatte. Als Nachhut trippelten die Stare, um allerhand Getier, das in den brennenden Sonnenschein geraten war, aufzulesen und aufzupicken.

Die erste Bahn war bis zum Feldrain abgemäht. Die Kämpfer hielten inne und betrachteten, auf ihre Sensenschäfte gestützt, das Werk der Zerstörung, das sie hinter sich gelassen. Sie wischten sich den Schweiß aus dem Mützenstreifen und nahmen eine neue Prise Schnupftabak aus den Messingdosen. Inzwischen hatten sich die Mädchen beeilt in die Frontlinie zu kommen.

Dann geht es wieder auf das grüne Blumenmeer los, das unter der wachsenden Morgenbrise wogt; bald bunte leuchtende Farben zeigt, wenn die steiferen Stengel und Köpfe der Blumen sich in den Wellen des weichen Honiggrases behaupten; bald sich in einem einzigen Grün wie ein See in Windstille ausbreitet.

Es ist Fest in der Luft und Wetteifer in der Arbeit; man würde lieber am Sonnenstich niederstürzen, als die Sense fortstellen.

Carlsson hat Ida zur Harkerin, und da er der Letzte in der Reihe ist, kann er, ohne die Waden zu gefährden, sich prahlerisch umdrehen, um ihr ein Wort zuzuwerfen. Aber Norman hat er unter strenger Bewachung schräg vor sich; sobald dieser einen verliebten Blick nach Südosten tun will, hat er Carlssons Sense an den Hacken und hört einen eher unfreundlichen als wohlwollenden Warnungsruf:

– Die Füße in Acht nehmen!

Als die Uhr acht ist, liegt die Quellwiese wie ein eben geeggter Acker da, glatt wie eine Hand, und das Heu in langen Schwaden. Jetzt wird das Werk beschaut und die Schläge geprüft. Über Rundqvist sitzt man zu Gericht; man kann sehen, wo er gegangen ist; es sieht aus, als hätten Elfen dort getanzt. Aber Rundqvist verteidigt sich: er habe nach dem Mädchen sehen müssen, das man ihm gegeben; denn es sei nicht gestern gewesen, daß ein Mädchen ihm nachgelaufen.

Jetzt halloht Clara oben von der Höhe zum Frühstück; die Branntweinflasche funkelt in der Sonne und der Anker Dünnbier ist angestochen; der Kartoffeltopf raucht auf der Felsplatte, der Strömling dampft in den Schüsseln, die Butter ist aufgelegt, das Brot ist geschnitten; die Schnäpse werden eingegossen, und das Frühstück ist im Gang.

Carlsson hat Lob erhalten und ist siegestrunken; Ida ist ihm auch gewogen, und er wartet ihr mit einer Aufmerksamkeit auf, die auffällt; aber sie ist auch die Schönste des Tages.

Die Alte, die mit Schüsseln und Tellern aus und ein läuft, streicht oft an den beiden vorbei; zu oft, um nicht von Ida bemerkt zu werden; doch nicht eher von Carlsson, als bis sie ihm mit dem Ellbogen sanft in den Rücken stößt und flüstert:

– Ihr müßt Wirt sein, Carlsson, und Gustav helfen; Ihr müßt tun, als seiet Ihr hier zu Hause!

Carlsson hat nur Augen und Ohren für Ida und antwortet der Alten mit einem Scherz. Jetzt aber kommt Lina, das Kindermädchen des Professors, und erinnert Ida daran, daß sie nach Haus muß, um aufzuräumen.

Aufregung und Trauer bricht unter den Männern aus, aber die Mädchen sind nicht sehr betrübt.

– Wer soll denn für mich aufnehmen, wenn ich kein Mädchen mehr habe? ruft Carlsson mit gespielter Verzweiflung aus, die den wirklichen Verdruß verbergen soll.

– Dann muß es Tante wohl tun? antwortet Rundqvist, der Augen im Rücken haben soll.

– Tante muß harken! rufen die Männer im Chor. Tante muß kommen und harken.

Die Alte schlägt abwehrend mit der Schürze:

– Was soll ich alte Frau unter den Mädchen? Nein, niemals, niemals! Ihr seid wohl närrisch!

Aber der Widerstand reizt.

– Nimm die Alte, flüstert Rundqvist, während Norman sich aufheitert und Gustav finster wie die Nacht wird.

Es blieb keine Wahl; unter Lärm und Lachen eilt Carlsson ins Haus, um die Harke der Alten zu holen, die irgendwo oben auf dem Boden liegen muß. Hinter ihm drein läuft die Alte, die schreit:

– Nein, um Gottes willen, Ihr dürft nicht in meinen Sachen kramen.

So verschwinden die Beiden, während die Zurückbleibenden laute und beißende Bemerkungen machen.

– Ich finde, unterbricht Rundqvist schließlich das Schweigen, das entstanden ist, sie bleiben etwas lange aus! Geh, Norman, und sieh nach, was geschehen ist!

Stürmischer Beifall ermuntert den Ehrgeizigen, fortzufahren.

– Was mögen sie oben nur machen? Das ist doch zu arg! Ich werde wirklich unruhig, wißt ihr.

Gustavs Lippen wurden dunkelblau, aber er zwang sich zu einem Lachen, um sich nicht von den Andern abzusondern.

– Gott verzeihe mir meine Sünden, fuhr Rundqvist im selben Tone fort; jetzt aber halte ichs nicht länger aus; ich muß nachsehen, was die Beiden vorhaben.

In diesem Augenblick kommt Carlsson mit der Alten aus dem Vorbau und bringt die gesuchte Harke. Die ist fein, mit zwei Herzen bemalt, »Anno 1852« gezeichnet; es war einst die Brautharke der Alten, die Flod selbst angefertigt. Sie hatte Erbsen im Schaftknauf, die klapperten, wenn man die Harke rührte.

Die Erinnerung an vergangene Freuden scheint den frischen Sinn der Alten in eine muntere Stimmung zu versetzen; ohne eine Spur von krankhafter Empfindsamkeit zeigt sie auf die Jahreszahl und sagt:

– Das war nicht gestern, als der Flod mir die Harke machte ...

– Und du ins Brautbett stiegst, Tante, fiel der von Svinnockar ein.

– Kannst es wohl noch ein Mal, meinte der aus Owassa.

– Sechs Wochen alten Ferkeln und zwei Jahre alten Witwen kann man nicht trauen, neckte der Fjällonger.

– Je trockener der Zunder, desto schneller fängt er Feuer, brannte der von Fiversätra los.

Und jeder warf seinen Scheit aufs Feuer. Die Alte aber schmunzelte und wehrte sie ab, machte gute Miene zum bösen Spiel und scherzte mit; böse zu werden, hatte keinen Zweck.

Dann gings auf die Bruchwiese hinunter. Da standen Segge und Schachtelhalm so hoch wie ein Kiefernwald und das Wasser ging den Männern bis an die Stiefelschäfte. Die Mädchen zogen Strümpfe und Schuhe aus und hingen sie auf den Feldzaun.

Die Alte harkte hinter Carlsson so fleißig, daß sie es den Andern zuvortat. Manches Scherzwort über das junge Paar, wie sie genannt wurden, fiel. Diesen Ausdruck benutzten sie als Feigenblatt, um darunter zu verbergen, was im Geheimen zu wachsen begann.

So ward es Mittag und so ward es Abend.

Der Spielmann war mit seiner Geige gekommen; die Tenne war geräumt und gekehrt, die schlimmsten Astlöcher mit Pech verkittet worden. Als die Sonne unterging, begann der Tanz.

Carlsson eröffnete ihn mit Ida; deren schwarzes Kleid war viereckig ausgeschnitten, hatte eine weiße Krause und einen Maria-Stuart-Kragen; wie eine beneidete Dame stand Ida unter den Bauernmädchen da; die Alten betrachteten sie mit Furcht und Kälte, die Jungen mit Verlangen.

Carlsson konnte allein den neuen Walzer; darum nahm Ida ihn gern, ein Mal nach dem andern, nachdem ein Versuch mit Norman mißlungen war. Als der so aus dem Felde geschlagen wurde, verfiel er auf den unglücklichen Gedanken, zu seiner Handharmonika zu greifen; um sein gequältes Herz auszuschütten und vielleicht mit einer letzten Leimrute den feinen und unbeständigen Vogel zu fangen; vor einigen Wochen glaubte er ihn in der Hand zu haben, bald aber saß er wieder auf dem Dach und schnäbelte mit einem andern.

Carlsson fand indessen die Begleitung überflüssig, da er eigens einen wirklichen Spielmann gedungen; und die engbrüstige Harmonika hielt mit der leichtfüßigen Geige nicht Schritt, sondern störte den Takt und brachte Unordnung in den Tanz. Die gute Gelegenheit, den Nebenbuhler abzutun, lockte Carlsson, zumal die Meinung, die Harmonika störe nur, allgemein zu sein schien. Er nahm also den Mund etwas voll und schrie dem unglücklichen Liebhaber, der sich in einer Ecke verkrochen hatte, über die Tenne hinüber zu:

– Halloh, schnür den Lederbeutel, du! Mach, daß du hinauskommst, und laß die Luft aus, wenn du aufgeblasen bist.

Die allgemeine Meinung verurteilte den Sünder mit einem zustimmenden Lachen. Norman aber waren einige Schnäpse zu Kopf gestiegen, und Idas Krause hatte ungeahnte Kräfte hervorgezaubert.

– Halloh! ahmte er Carlsson nach, der unversehens in seine Mundart verfallen war, die auf Hochschweden lächerlich wirkte. Komm nur hinaus auf den Hof, dann werde ich dir schon die Flöhe aus dem Schweinepelz lausen!

Carlsson fand seine Stellung noch nicht so bedroht, um zu den Fäusten übergehen zu müssen, sondern hielt sich auf dem unschuldigeren Gebiet des Zungenkampfes.

– Was ist das für ein merkwürdiges Schwein, das Flöhe im Pelz hat?

– Das stammt wohl aus Wärmland, glaube ich, antwortete Norman.

Das verletzte die Nationalehre; noch im letzten Augenblick nach einem vernichtenden Wort suchend, das sich aber nicht einstellte, ging Carlsson auf den Feind los, packte ihn bei der Weste und riß ihn auf den Hof hinaus.

Die Mädchen stellten sich in die Türöffnung, um dem Zusammenstoß zuzusehen; niemandem fiel es ein, dazwischen zu treten.

Norman war klein und untersetzt, aber Carlsson war gröber gebaut und höher gewachsen. Im Nu warf er den Rock ab, um den er bange war, und die Kämpfer rannten zusammen. Norman mit dem Kopf voran, wie ers von den Lootsenburschen gelernt hatte. Carlsson aber packte ihn, zielte einen häßlichen Fußtritt nach dem Unterleib, und wie ein zusammengerollter Igel fiel Norman auf den Dunghaufen.

– Rallbuse! schrie er, außer stande, sich weiter mit den Fäusten zu verteidigen.

Carlsson schäumte; vergebens nach Schimpfwörtern suchend, setzte er Norman das Knie auf die Brust und ohrfeigte den Geschlagenen. Der spuckte und biß um sich, bekam aber schließlich eine Handvoll Streu in den Mund.

– Jetzt werde ich dir das ungewaschene Maul putzen! schrie Carlsson und rieb den Geschlagenen mit einem Strohwisch, den er aus dem Dunghaufen gerissen, so, daß die Nase blutete.

Aber das öffnete dem wutschnaubenden Norman den Mund: seinen ganzen Vorrat von Schimpfworten schleuderte er dem Sieger ins Gesicht, der die Zunge des Besiegten doch nicht binden konnte.

Die Musik war verstummt, der Tanz hatte aufgehört. Die Zuschauer hatten ihre Bemerkungen über die Wendungen des Wortstreites und Faustkampfes gemacht und mit demselben gleichmütigen Interesse zugehört und zugesehen, wie sie einem Schlachten oder einem Tanz zusahen. Doch fanden die Alten, Carlssons Angriff sei nicht ganz regelrecht, nicht nach alter Sitte gewesen. Plötzlich aber war ein Schrei zu hören, der den Haufen sprengte und alle aus der Feststimmung riß:

– Er zieht ein Messer! schrie einer; man konnte nicht unterscheiden, wer.

– Ein Messer! wurde im Haufen geantwortet. Keine Messer! Fort mit den Messern!

Und die Kämpfer wurden umringt; Norman, dem es gelungen war, sein Klappmesser zu öffnen, wurde entwaffnet und auf die Füße gestellt, nachdem man Carlsson von ihm losgerissen.

– Raufen könnt ihr euch, Burschen, aber nicht messern, schloß der Alte von Svinnockar die Schlägerei.

Carlsson zog seinen Rock an und knöpfte ihn über seine zerrissene Weste; aber Norman hing der eine Hemdärmel wie ein Fetzen aufs Bein herab. Im Gesicht übel zugerichtet, schmutzig, blutig, hielt ers fürs Beste, sich um die Ecke zu entfernen, um seine Niederlage nicht den Mädchen zu zeigen.

Mit der frohen Zuversicht des Siegers und des Stärkern trat Carlsson wieder auf die Tanzbahn, um, nach einem tüchtigen Schluck, das Spiel mit Ida von neuem zu beginnen, die ihn mit Wärme, ja beinahe Bewunderung empfing.

Der Tanz ging los wie ein Dreschwerk. Die Dämmerung war hereingebrochen. Der Branntwein machte die Runde, und man widmete dem Tun und Lassen des Nächsten geringere Aufmerksamkeit. Darum konnte Carlsson mit Ida aus der Tenne heraus kommen und das Hagtor erreichen, ohne daß jemand naseweise Fragen stellte. Aber gerade als das Mädchen über den Zauntritt gestiegen war und Carlsson oben auf dem Zaune stand, hörte er durchs Halbdunkel die Stimme der Alten, ohne jemand sehen zu können.

– Carlsson! Ist Carlsson da! Kommt und tanzt eine Runde mit Eurer Harkerin.

Aber Carlsson antwortete nicht, sondern glitt hinunter und schlüpfte in den Hag, leise wie ein Fuchs.

Die Alte hatte ihn jedoch gesehen, und obendrein noch Idas weißes Taschentuch, das diese um den Leib geknüpft, um ihr Kleid vor den schweißigen Händen zu schützen. Als sie noch ein Mal gerufen, ohne Antwort zu erhalten, ging sie nach, über den Zauntritt, in den Hag.

Der Weg unter den Haselbüschen lag vollständig im Dunkel; sie sah nur etwas Weißes, das in dem Schwarzen ertrank und schließlich auf den Boden des langen Tunnels sank. Sie wollte nachlaufen; da aber waren neue Stimmen am Zauntritt zu hören, eine gröbere und eine klingendere; aber beide gedämpft und, als sie näher kamen, flüsternd. Gustav und Clara stiegen über den Zaun, der unter den etwas unsichern Schritten des Burschen knackte; und von zwei starken Armen gehoben, sprang Clara hinunter.

Die Alte versteckte sich in den Büschen, während das Paar Arm in Arm vorbeizog; halbsingend, küssend dahintanzte, wie sie selbst einst getanzt, gesungen und geküßt hatte.

Noch ein Mal knackte der Zauntritt, und wie ein junger Stier kam der quarnöer Bursche mit dem fjällonger Mädchen angesprungen. Als sie hoch oben auf dem Zaun stand, das Gesicht vom Tanz gerötet und mit ausgelassenem Lachen die weißen Zähne zeigend, legte sie die erhobenen Arme über Kreuz hinter den Nacken, als wolle sie sich fallen lassen; und mit schnaubendem Lachen und aufgeblähten Nasenflügeln warf sie sich dem Burschen in die Arme; der empfing sie mit einem langen Kuß und trug sie in die Dunkelheit hinein, wo sie verschwanden wie unter einer Decke.

Die Alte stand hinter den Haselbüschen und sah Paar nach Paar kommen, gehen, wiederkehren; ganz wie in ihrer Jugend; und altes Feuer glühte wieder auf, das unter der Asche von zwei Jahren versteckt gewesen; und sie fühlte die »Plage« noch im Fleische wüten, stechend wie Verlangen ohne Hoffnung, wie Vermissen des für immer Verlorenen.

Währenddessen war die Geige allmählich verstummt. Es war über Mitternacht, und die Morgenröte stand im Norden bereits schwach über dem Walde. Die Stimmen auf der Tenne wurden lauter und einzelne Hurrahrufe von der Wiese gaben an, daß sich die Tanzgesellschaft zerstreut hatte und die Heimfahrt für die Mäher bevorstand.

Die Alte mußte zurück, um beim Abschied zugegen zu sein.

Als sie in den Hohlweg kam, wo sich die Dunkelheit so zu lichten anfing, daß man das grüne Laub unterscheiden konnte, sah sie Carlsson und Ida ganz hinten auf der Höhe kommen, Hand in Hand, als wollten sie einen neuen Tanz beginnen, blaß wie Leinen, mit großen dunkeln Löchern, wo die Augen, die sie nicht sah, sitzen mußten. Fürchtend, hier im »grünen Gange« getroffen zu werden, kehrte sie um und eilte über den Zauntritt, um nach Hause zu kommen, ehe die Gäste gingen.

Aber auf der andern Seite des Zauntritts stand Rundqvist und schlug die Hände zusammen, als er die Alte erblickte, die ihr Gesicht in der Schürze barg, um nicht zu zeigen, wie sie sich schämte.

– Nein, ist die Tante auch im Hag gewesen und hat Eier gesucht? Ich sage ja, auf die Alten ist doch nicht mehr Verlaß als auf …

Sie hörte nicht mehr, sondern eilte, so schnell sie konnte, der Stuga zu.

Dort hatte man sie schon gesucht und empfing sie jetzt mit Hurrahrufen, Händeschütteln und Dankesworten für gute Bewirtung, um sich dann zu verabschieden.

Als alles wieder still geworden und die Flüchtlinge aus Hag und Wiese herbeigerufen waren, ohne daß sich alle einstellten, ging die Alte zu Bett. Lange aber lag sie wach und lauschte, ob sie nicht Carlsson die Treppe zur Kammer hinaufgehen hörte.

Viertes Kapitel

Es poltert zur Hochzeit; die Alte wird ums Geld genommen

Das Heu war unter Dach, Roggen und Weizen geborgen. Der Sommer war zu Ende und er war gut gewesen.

– Er hat Glück, der Kerl! sagte Gustav über Carlsson, dem man nicht ohne Grund die Erhöhung des Wohlstandes zuschrieb.

Der Strömling war gekommen, und alle Männer außer Carlsson waren draußen in den äußersten Schären, als die Familie des Professors zur Eröffnung der Oper nach Haus mußte.

Carlsson hatte auch das Packen übernommen und lief den ganzen Tag mit der Bleifeder hinterm Ohr herum; trank Bier am Küchentisch, im Eßzimmer, im Vorbau. Hier kriegte er einen abgelegten Strohhut, dort ein Paar ausgetretene Segelschuhe; eine Pfeife, ungerauchte Zigarren nebst Spitze, leere Schachteln und Flaschen, Angelruten und Liebigbüchsen, Korke, Bindfaden, Nägel – alles, was man nicht mitnehmen konnte oder für unnötig hielt.

Es fielen so viele Brosamen von des Reichen Tische, und man hatte allgemein das Gefühl, man werde die Abreisenden vermissen; von Carlsson an, der seine Liebste verlor, bis hinunter zu den Hühnern und Ferkeln, die nicht länger Sonntagsessen aus der herrschaftlichen Küche bekamen. Am wenigsten bitter war der Kummer für die verlassenen Mägde Clara und Lotte; trotzdem sie so manche gute Tasse Kaffee bekommen hatten, wenn sie Milch hinaufbrachten, fühlten sie doch, ihr Frühling werde wiederkommen, wenn nur der Herbst die Mitbewerberinnen auf dem Liebesmarkte entfernte.

Am Nachmittage, als der Dampfer kam und anlegte, um die Familie abzuholen, war große Aufregung auf der Insel, denn noch nie hatte dort ein Dampfer angelegt.

Carlsson leitete die Landung, gab Befehle und führte das große Wort, während der Dampfer an die Brücke heranzukommen suchte. Da aber hatte er sich auf ein Eis begeben, das ihn nicht tragen konnte, denn das Seewesen war ihm fremd; und gerade in dem stolzen Augenblick, als die Leine geworfen wurde und er, in Idas und der Herrschaft Gegenwart, seine Gewandtheit zeigen wollte, kriegte er einen Arm voll Tau von oben auf den Kopf, daß ihm die Mütze heruntergeschlagen wurde und in die See fiel. In einem und demselben Augenblick wollte er die Trosse anziehen und nach der Mütze greifen; aber der Fuß blieb in einer Fuge hängen, er machte einige Tanzschritte und fiel nieder, während der Kapitän ihn schalt und die Matrosen ihn auslachten. Ida wandte sich fort, böse über das ungeschickte Benehmen ihres Helden; beinahe hätte sie geweint, so schämte sie sich seinetwegen. Mit einem kurzen Lebewohl ließ sie ihn schließlich am Landungssteg zurück; und als er ihre Hand behalten und vom nächsten Sommer, von Briefwechsel und Adresse plaudern wollte, wurde der Landungssteg ihm unter den Füßen fortgerissen; er kippte nach vorn über, und die nasse Mütze rutschte ihm in den Nacken; gleichzeitig brüllte der Steuermann ihm von der Kommandobrücke aus zu:

– Wirst du endlich das Tau losmachen!

Ein neuer Schauer Scheltworte hagelte auf den unglücklichen Liebhaber nieder, ehe er die Trosse losbekam.

Der Dampfer fuhr den Sund hinunter, und wie ein Hund, dessen Herr fortreist, lief Carlsson am Strande entlang, sprang auf Steine, strauchelte über Wurzeln, um die Landzunge zu erreichen, auf der er seine Flinte hinter einem Erlenbusch versteckt hatte, um den Ehrengruß abzugeben. Aber er mußte mit dem falschen Bein zuerst aus dem Bett gestiegen sein, denn gerade, als der Dampfer vorbeifuhr und er die hoch erhobene Flinte abfeuern wollte, versagte der Schuß. Er warf die Flinte ins Gras, holte sein Taschentuch heraus und winkte; lief am Strande entlang und schwang sein blaues Taschentuch, hurrahte und schnaubte.

Vom Dampfer aber antwortete niemand; nicht eine Hand erhob sich, nicht ein Taschentuch bewegte sich. Ida war verschwunden!

Aber unermüdlich, rasend lief er über Granitfindlinge, sprang ins Wasser, stürzte gegen Erlenbüsche, kam an einen Feldzaun und fuhr halb durch ihn hindurch, daß er sich an den Pfählen riß. Schließlich, gerade als das Boot hinter der Landzunge verschwinden wollte, stieß er auf eine Schilfbucht; ohne sich zu bedenken, sprang er ins Wasser, schwang noch ein Mal sein Taschentuch und stieß ein letztes verzweifelndes Hurrah aus. Das Achter des Dampfers kroch hinter die Kiefern, und er sah, wie der Professor mit seinem Hut zum Abschied winkte. Dann fuhr der Dampfer hinter die Waldspitze, die blaugelbe Flagge mit dem Posthorn hinter sich her schleppend, die noch ein Mal zwischen den Erlen hindurch schimmerte. Dann war alles verschwunden, nur der lange schwarze Rauch lag noch auf dem Wasser und machte die Luft dunkel.

Carlsson plumpste ans Land und ging Schritt vor Schritt zu seiner Flinte zurück. Er blickte sie mit bösen Blicken an, als sehe er eine andere, die ihn im Stich gelassen; er schüttelte die Pfanne, setzte ein neues Zündhütchen auf und feuerte ab.

Darauf kam er an die Landungsbrücke zurück. Er sah den ganzen Auftritt noch ein Mal; wie er gleich einem Hanswurst auf den Brückenplanken umher tanzte; hörte das Lachen und Schelten, erinnerte sich an Idas verlegene Blicke und kalten Handschlag; spürte noch den Dunst von Steinkohlenrauch und Maschinentalg, vom Bratenfett aus dem Küchenherd und von der Ölfarbe der Schiffsbekleidung.

Der Dampfer war hierher in sein künftiges Reich gekommen und hatte Stadtmenschen mitgebracht, die ihn verachteten; die ihn in einem Augenblick von seiner Leiter herabstürzten, auf deren Sprossen er schon ein gutes Stück hinauf geklettert war; die ihm – er schluckte in der Halsgrube – sein Sommerglück und seine Sommerfreude entführten.

Er blickte eine Weile ins Wasser, das die Radschaufeln zu einer einzigen Brühe aufgerührt hatten, auf deren Oberfläche Ruß in Flocken und Öl in Spiegeln lag; diese Spiegel flammten in Regenbogenfarben wie eine alte Fensterscheibe. Allen möglichen Schmutz hatte das Untier in der kurzen Zeit von sich gegeben und damit das klare grüne Wasser verunreinigt: Bierkorke, Eierschalen, Zitronenrinde, Zigarrenstummel, abgebrannte Streichhölzchen, Papierfetzen, mit denen Ukeleis spielten. Es war, als sei der Rinnstein der ganzen Stadt hierher geflossen und habe auf ein Mal Unrat und Schelte ausgeworfen.

Es war ihm einen Augenblick schaurig zu Mut, als er daran dachte: wenn er sich wirklich seine Liebste erringen wollte, müsse er in die Stadt, in die Gassen und Rinnsteine, wo es den hohen Tagelohn und den feinen Rock gab, Gaslaternen und Schaufenster, das Mädchen mit Krause, Manschetten und Knöpfstiefeln; wo es alles gab, was lockte. Aber er haßte die Stadt auch, wo er der Letzte war, wo seine Mundart ausgelacht wurde, seine grobe Hand die feinen Arbeiten nicht leisten konnte; wo seine mannigfachen Fertigkeiten nichts abzuwerfen vermochten. Und doch mußte er daran denken, denn Ida hatte gesagt, einen Bauernknecht werde sie nie heiraten, und Bauer konnte er nicht werden!

Konnte er nicht?

Der Sund kräuselte sich, und ein kühler Wind, der immer stärker wurde, rührte das Wasser auf; das schlug gegen die Brückenpfähle, fegte den Ruß fort und klärte den blanken Abendhimmel auf. Das Rauschen der Erlen, das Plätschern der Wellen, das Zerren der Boote, rissen ihn aus seinen Gedanken. Er warf die Flinte über die Schulter und wanderte heimwärts.

Der Weg ging unter den Haselbüschen über einen Hügel; auf dem stand noch eine höhere Grausteinwand, die mit Kiefern bewachsen war; die hatte er noch nie besucht.

Von Neugier gelockt, kletterte er zwischen Farnkraut und Himbeerdickicht hinauf; bald stand er oben auf einem Grausteinfelsen, auf dem ein Seezeichen errichtet war.

Im Sonnenuntergang lag die Insel vor ihm ausgebreitet; mit einem einzigen Rundblick konnte er ihre Wälder und Äcker, Wiesen und Häuser übersehen; und dahinter Holme, Kobben, Schären, bis aufs offene Meer hinaus. Es war ein großes Stück der schönen Erde, und Wasser, Bäume, Steine: alles konnte sein werden, wenn er nur die Hand ausstreckte, die eine nur, und die andere zurückzog, die nach Eitelkeit, Bettlust und Armut griff. Es brauchte kein Versucher neben ihm zu stehen und zu betteln, vor diesem Bild auf die Knie zu fallen, das die zauberischen Strahlen einer sinkenden Sonne rosig färbten; auf dem blaues Wasser, grüne Wälder, gelbe Äcker, rote Hütten sich zu einem Regenbogen mischten, der auch einen schärferen Verstand betört hätte, als ein Bauernknecht ihn hat.

Von der absichtlichen Vernachlässigung der Treulosen gereizt, die in fünf Minuten das letzte kleine Versprechen, ihm zum Abschied zu winken, vergessen; von den Schimpfworten der übermütigen Stadtflegel so verletzt, als habe er den Stock gekostet; vom Anblick der fetten Erde, der fischreichen Gewässer, der warmen Hütten entzückt, faßte er seinen Entschluß: einen letzten Versuch oder zwei zu machen, um das falsche Herz zu prüfen, das ihn vielleicht schon vergessen hatte; dann aber zu nehmen, was gewonnen werden konnte, ohne daß man stahl.

Als er nach Haus zurückkehrte und die Großstuga leer stehen, die Rollgardinen herabgelassen, Stroh und leere Kisten draußen herumliegen sah, würgte es ihn im Halse, als habe er Apfelstücke quer geschluckt.

Nachdem er seine Andenken an die ziehenden Sommergäste in einen Sack gesammelt, schlich er so lautlos wie möglich auf seine Kammer hinauf. Dort verbarg er seine Schätze unter dem Bett, setzte sich an den Schreibtisch, holte Papier und Feder hervor und machte sich bereit, einen Brief zu schreiben.

Die erste Seite ergoß sich in einem einzigen Wortstrom, teils aus seiner eigenen Vorratskammer, teils aus der »Sagengeschichte« und den »Schwedischen Volksliedern« von Afzelius; die hatten einen starken Eindruck auf ihn gemacht, als er sie beim Verwalter in Wärmland gelesen.

– Liebe, geliebte Freundin! begann er. Einsam sitze ich hier auf meinem Kämmerchen und sehne mich ganz furchtbar nach Dir, Ida. Als sei es gestern gewesen, weiß ich noch, wie Du hierher kamst: wir säeten Frühlingsroggen und der Kuckuck rief im Ochsenhag. Jetzt ist es Herbst, und die Burschen sind draußen auf der Schäre, um Strömling zu fangen. Ich würde nicht so viel danach fragen, wenn Du nicht abgereist wärst, ohne mich vom Dampfer noch ein Mal zu grüßen, wie es der Professor so freundlich vom Achterdeck getan, als der Dampfer an der Landzunge vorbei fuhr. Es war leer wie ein Loch nach Dir heute Abend, und das ist vor allem der Grund, warum der Kummer so schwer lastet. Damals beim Schnittertanz hast Du etwas versprochen, Ida, erinnerst Du Dich noch? Ich erinnere mich so gut, als hätte ich's aufgeschrieben; aber ich bin auch im Stande, zu h a l t e n , was ich verspreche. Dazu sind aber nicht a l l e im Stande; doch das ist einerlei, und ich frage nicht so genau danach, wie die Menschen gegen mich sind; die ich aber einmal liebe, die vergesse ich nicht; das möchte ich gesagt haben.

Die Trauer des Vermissens hatte sich jetzt gelegt, und die Bitterkeit kam; die Furcht vor unbekannten Nebenbuhlern tauchte auf, vor den Versuchungen der Stadt mit ihren Vergnügungen; und im Bewußtsein, daß er außer Stande sei, den befürchteten Sündenfall zu verhüten, schlug er die edlern Gefühle an. Sofort kamen ihm alte Erinnerungen an die Zeit, da er Reiseprediger war. Er wurde hochgestimmt, streng, sittlich; ein strafender Rächer, durch dessen Mund ein ANDERER sprach:

– Wenn ich bedenke, wie Du jetzt allein in der großen Stadt umhergehst, ohne daß ein Arm Dich stützt, der Gefahr und Versuchung von Dir abwenden kann; wenn ich an alle die sündhaften Gelegenheiten denke, die den Weg breit und den Fuß leicht machen, fühle ich einen Stich in meinem Herzen; ist mir's, als habe ich vor Gott und Menschen unrecht getan, daß ich Dich ins Garn der Sünde ließ; wie ein Vater hätte ich Dir sein sollen, Ida; und Du hättest dem alten Carlsson wie einem rechten Vater vertraut ...

Bei den Worten »Vater« und »alter Carlsson« wurde er weich und erinnerte sich an das letzte Begräbnis, das er mitgemacht hatte.

– Einem Vater, der immer Nachsicht und Verzeihung im Herzen und auf den Lippen hat. Wer weiß, wie lange der alte Carlsson (er liebte das Wort bereits!) hier noch wandelt; wer weiß, ob nicht die Zahl seiner Tage gezählt ist, wie die Wassertropfen in der See oder die Sterne in der Luft; vielleicht, ehe man sich's versieht, liegt er da wie trockenes Heu ... Dann wird vielleicht j e m a n d ihn ausgraben wollen, der's jetzt nicht glaubt; aber wir wollen hoffen und beten, daß er noch den Tag erlebt, da die Blumen wieder aus der Erde kommen und die Turteltaube sich in unserem Lande hören läßt. Dann ist eine liebliche Zeit für m a n c h e n , der jetzt klagt und seufzt und mit dem Psalmisten singen möchte ...

Er hatte vergessen, was der Psalmist sang, und mußte das Testament aus seinem Kasten holen, um nachzuschlagen. Aber er hatte die Wahl zwischen hundert Psalmen, und Clara rief schon zum Abendbrot; er mußte also aus der Menge einen herausgreifen, und er nahm:

– Die Weiden in der Wüste sind auch fett, daß sie triefen; und die Hügel umher sind lustig; die Anger sind voll Schafe, und die Auen stehen dick mit Korn, daß man jauchzet und singet.

Als er die Stelle durchlas, fand er darin eine glückliche Anspielung auf die Vorzüge, die das Landleben vorm Stadtleben hat; und da das gerade der wunde Punkt war, beschloß er, ihn nicht mehr zu berühren, sondern die Anspielung für sich sprechen zu lassen.

Dann überlegte er, was er noch schreiben solle; fühlte sich hungrig und müde; konnte sich nicht verhehlen, daß es schließlich einerlei sei, was er schrieb, denn Ida war ihm doch wohl verloren, bis der Frühling wiederkam.

Dann aber wurde er wieder von dem Gedanken gequält, daß ein Anderer sie besitzen könne, und mit kaltem Blute beschloß er, im Voraus die Kanonen der unbekannten Feinde zu vernageln. Darum fügte er eine Nachschrift an, nachdem er mit »Getreu und ergeben« unterzeichnet hatte.

N. S. Du mußt Dich vor Berns Salon und Blanks Café hüten, Ida, denn der Professor sagte, alle jungen Leute in Stockholm seien angesteckt und ... (Am besten, man haut ihn gleich nieder, dachte er, da er doch in einigen Tagen mit den Fischen nach der Stadt fahren soll.) Norman ist auch angesteckt worden. (Um aber, falls es nötig sein sollte, eine rückwirkende abschreckende Wirkung zu erzielen, setzte er hinzu:) als er im vorigen Jahre Soldat war.

D. O.

Darauf ging er in die Küche hinunter, um zu Abend zu essen.

Es war dunkel geworden und der Wind hatte sich aufgemacht. Unruhig kam die Alte und setzte sich an den Tisch, an dem sich Carlsson niedergelassen, nachdem er ein Talglicht angesteckt hatte. Die Mädchen gingen still und abwartend zwischen Herd und Tisch hin und her.

– Carlsson, Ihr sollt heute Abend ein Glas Branntwein haben, sagte die Alte. Ich sehe, Ihr habt es nötig.

– Ja, ja, es war nicht so leicht, die Sachen an Bord zu bringen, antwortete Carlsson.

– Darum müßt Ihr Euch jetzt ausruhen, meinte die Alte und ging nach dem Stundenglas. Was das für ein Wind heute Abend ist, und von Osten kommt er auch; die Burschen werden es heute Nacht schwer haben mit den Netzen.

Da kann ich ihnen nicht helfen; übers Wetter vermag ich nichts, biß Carlsson den Faden ab. Aber nächste Woche muß es schön werden; da denke ich mit dem Trebel nach der Stadt zu fahren, um selbst mit dem Fischhändler zu sprechen.

– Soso, das wollt Ihr, Carlsson?

– Ja, ich finde, die Burschen erzielen nicht den richtigen Preis für die Fische; und das muß doch wohl an irgend etwas liegen; wer nun die Schuld haben mag.

Die Alte zupfte am Tisch und dachte wohl, ein anderes Geschäft als der Fischhandel führe ihn nach der Stadt.

– Hm! sagte sie. Dann seid Ihr wohl so gut und sprecht beim Professor vor?

– Ja, das tue ich wohl, wenn ich Zeit habe; er hat nämlich einen Flaschenkorb hier vergessen ...

– Sehr nette Menschen waren es jedenfalls ... Wollt Ihr nicht noch eine Halbe nehmen, Carlsson?

– Danke sehr, Tante! Ja, das waren feine Leute, und ich glaube, sie kommen wieder, wenigstens nach dem, was ich von Ida hörte.

Mit großem Vergnügen sprach er den Namen aus, und er legte seine ganze Überlegenheit hinein. Die Alte fühlte auch, wie sehr sie ihm unterlegen war; eine Glut stieg ihr in die Wangen und ein Brand in die Augen.

– Ich glaubte, es sei aus zwischen Euch und Ida, flüsterte die Alte.

– Nein behüte, weit davon, antwortete Carlsson, der sehr wohl fühlte, wie er seine Schnur einholen mußte und daß etwas am Haken saß.

– Wollt ihr euch denn heiraten?

– Gewiß, wenn die Zeit kommt; aber ich muß mich erst nach einer neuen Stellung umhören.

Es zuckte in dem gefurchten Gesicht der Alten, und die magere Hand zupfte und zupfte, wie die Hand eines Fieberkranken am Laken zupft.

– Ihr gedenkt uns zu verlassen? wagte sie mit zitternder, vertrockneter Stimme zu sagen.

– Ein Mal muß es doch sein, antwortete Carlsson; früher oder später will man sein eigener Herr werden; und sich für andere abarbeiten, tut man auch nicht gern um nichts.

Clara war mit dem Mehlbrei gekommen, und Carlsson wurde plötzlich von einer Lust erfaßt, mit ihr zu schäkern.

– Nun, Clara, seid ihr nicht bange davon, heute Nacht allein schlafen zu müssen, da die Burschen fort sind? Vielleicht wollt ihr, daß ich hinunterkomme und euch Gesellschaft leiste?

– Oh, das ist durchaus nicht nötig! antwortete Clara.

Carlsson faßte sie beim schwellenden Oberarm und spielte den Bösen:

– Was ist nicht nötig? Was weißt du, Clara, davon, was ich nötig habe?

– Ist denn Ida Euch nicht genug gewesen? Ich hörte einen Vogel singen, daß Ihr Euch Hilfe habt nehmen müssen!

Carlsson wurde rot bis in die Kopfhaut, über das Gesicht der Alten aber huschte Hoffnung, Neugier und Überraschung.

Einen Augenblick herrschte Schweigen in der Küche, während Carlsson nachdachte, welche Antwort am vorteilhaftesten sei. Man hörte, wie draußen der Sturm durch den Wald sauste, das Laub von den Birken riß, an den Feldzäunen rüttelte, an Wetterfahnen und Dachtraufen zauste. Zuweilen fuhr ein Windstoß in den Schornstein hinein und blies Feuer und Rauch aus vom Herdmantel, daß Lotte sich die Hand vor Augen und Mund halten mußte.

Als der Wind einen Augenblick ausblieb, hörte man das offene Meer gegen die östliche Landspitze schlagen. Plötzlich gab der Hund draußen auf dem Hofe Hals, und das Gebell entfernte sich, als sei der Hund jemandem entgegen gesprungen, um ihn zu begrüßen oder zu bedrohen.

– Seht bitte nach, wer das sein kann, sagte die Alte zu Carlsson.

Der stand sofort auf, froh, auf Claras heikle Frage nicht antworten zu müssen, und ging zur Tür hinaus. Er sah nur ein Dunkel, das so dick war, daß man es mit Messern schneiden konnte; und der Wind empfing ihn mit einem Stoß, daß ihm das Haar wie Erbsensträucher um den Kopf stand. Er lockte den Hund, aber das Gebell war bereits unten auf der Quellwiese und klang jetzt freudig, als erkenne das Tier einen Menschen.

– Es kommt so spät noch Besuch, sagte Carlsson zur Alten, die sich in die Tür stellte. Wer kann das sein? Ich muß wohl gehen und nachsehen. Clara, steck die Laterne an und gib mir meine Mütze!

Er bekam die Laterne und arbeitete sich gegen den Wind auf die Wiese hinaus, folgte dem Gebell und gelangte in das Kieferngehölz, das die Wiese vom Strande trennte. Das Gebell war verstummt, aber zwischen den rauschenden und knackenden Föhren hallten Schritte von eisernen Haken gegen den Bergfelsen; krachten Zweige, die jemand brach, der seinen Weg suchte; spritzten Wasserlachen auf; antworteten Flüche auf das Winseln des Hundes.

– Wer da? rief Carlsson.

– Der Pastor! antwortete eine rostige Stimme.

Carlsson sah Funken sprühen, die ein eiserner Haken an einem Granitfindling schlug, und aus einem Dickicht stürzte ein kleiner, breitschultriger Mann den Hügel hinab. Das grobe, wetterharte Gesicht wurde von wildem, grauem Backenbart eingerahmt und von kleinen scharfen Augen belebt, deren Brauen Astmoos glichen.

– Höllische Wege habt ihr hier auf der Insel! zankte er zum Gruß.

– Herr Jesus, sind Sie's, Herr Pastor? In diesem Hundewetter unterwegs? beantwortete Carlsson achtungsvoll die Willkommsflüche seines Seelsorgers. Aber wo ist denn das Boot?

– Es ist das Fischerboot, und das hat Robert in den Hafen gebracht. Laß uns nur unter Dach kommen, denn heute Abend weht der Wind einem durch den Leib. Vorwärts marsch!

Carlsson ging mit der Laterne voran und der Pastor folgte, während der Hund in den Büschen herumschnüffelte, nach einem Birkhuhn, das sich eben erhoben und in den Bruch gerettet hatte.

Die Alte war dem Laternenschein auf den Hof hinaus entgegen gegangen; als sie den Pastor erkannte, freute sie sich und hieß ihn willkommen.

Der Pastor hatte Fische nach der Stadt bringen wollen und war unterwegs vom Sturm überrascht worden, der ihn zum landen zwang. Er fluchte und schalt, weil er nicht zur Zeit nach der Stadt kommen konnte, um seine Fische los zu werden.

– Jetzt sind ja alle Teufel draußen und kratzen nach jedem einzigen Fisch, der im Wasser lebt.

Die Alte wollte ihn in die Stube führen, er aber ging geradeswegs in die Küche hinein, denn er zog das Herdfeuer vor: dort konnte er trocken werden.

Wärme und Licht schienen indessen dem Pastor nicht gut zu bekommen; er zwinkerte mit den Augen, als wolle er sich ermuntern, während er die nassen Schmierstiefel auszog. Carlsson half ihm unterdessen aus einer graugrünen Joppe, die mit Schaffell gefüttert war. Bald saß der Pastor in wollenem Wams und bloßen Strümpfen an der Ecke des Tisches, den die Alte abgeräumt und mit Kaffeegeschirr gedeckt hatte.

Wer Pastor Nordström nicht kannte, hätte nicht vermutet, daß dieser Fischer ein geistliches Amt bekleidete; so sehr hatten dreißig Jahre Seelsorge draußen in den Schären den Mann verwandelt, der einst recht fein gewesen war, als er von der Universität Uppsala kam. Ein äußerst knappes Gehalt hatte ihn genötigt, sein Auskommen aus See und Acker zu ergänzen; und da es auch dann noch nicht reichte, mußte er sich an den guten Willen seiner Gemeinde wenden, den er durch geselliges Wesen, sich seiner Umgebung anpassend, lebendig erhielt.

Doch zeigte sich der gute Wille meist in Kaffeehalben und Bewirtungen, die an Ort und Stelle verzehrt werden mußten, also den Wohlstand des Pfarrhauses nicht erhöhen konnten; eher unvorteilhaft auf den physischen und moralischen Zustand des Empfängers wirkten. Außerdem wußten die Schärenleute aus teuern Erfahrungen, wie in Seenot Gott nur dem half, der sich selber half; auch waren sie unfähig, einen starken östlichen Wind mit dem augsburgischen Bekenntnis in Zusammenhang zu bringen. Sie machten sich deshalb wenig aus der kleinen hölzernen Kapelle, die sie hatten bauen lassen. Der Kirchgang, der durch lange Ruderfahrten erschwert oder von ungünstigen Winden unmöglich gemacht wurde, war mehr eine Art Volksmarkt, auf dem man Bekannte traf, Geschäfte machte, Ankündigungen hörte. Und der Pastor war die einzige Behörde, mit der man in Berührung kam; der Amtmann, der die Polizeigewalt ausübte, wohnte weit entfernt und wurde bei Rechtssachen nie bemüht; die machte man vielmehr unter einander ab, mit einigen dänischen Küssen oder einem Schoppen Branntwein.

Nicht eine Spur von Latein und Griechisch konnte man in dieser vom Herdfeuer und zwei Talglichtern beleuchteten Gestalt sehen, einer Kreuzung von Bauer und Seemann. Die einstmals weiße Hand, die in ihrer ganzen Jugend in Büchern geblättert hatte, war braun und borkig, hatte gelbe Leberflecke von Salzwasser und Sonnenbrand, war hart und schwielig von Rudern, Segeln, Steuern; die Nägel waren halb abgenagt und trugen von der Berührung mit Erde und Geräten schwarze Ränder. Die Ohrmuscheln waren mit Haar zugewachsen und gegen Katarrh und Fluß von Bleiringen durchbohrt. Aus der auf das wollene Wams aufgenähten Ledertasche hing eine Haarschnur, die einen Uhrschlüssel aus einem gelben Metall mit einem Karneol trug. In die feuchten wollenen Strümpfe hatte die große Zehe Löcher gerissen, welche die schlingernden Bewegungen der Füße unter dem Tisch unablässig verbergen wollten. Das Wams war unter den Armen von Schweiß gelbbraun geworden, und der Hosenschlitz stand halb offen, weil Knöpfe fehlten.

Er holte eine kurze Pfeife aus der Hosentasche, klopfte sie, während allgemeines achtungsvolles Schweigen herrschte, gegen die Tischkante aus, daß sich ein kleiner Maulwurfshaufen von Asche und sauerm Tabak auf den Boden legte. Aber die Hand war unsicher und das Stopfen ging unregelmäßig vor sich; war zu umständlich, um nicht Unruhe zu erregen.

– Wie steht es heute Abend mit Ihnen, Herr Pastor? Ich glaube, Sie sind nicht ganz wohl, fuhr die Alte dazwischen.

Der Pastor hob das auf die Brust gesunkene Haupt, sah sich nach den Balken der Decke um, als suche er nach der Sprechenden.

– Ich? sagte er und stopfte eine Prise Tabak am Pfeifenkopf vorbei. Dann schüttelte er den Kopf, als wolle er in Frieden gelassen werden, und versank in schwermütige Gedanken ohne bestimmte Form.

Carlsson sah, wie es stand, und flüsterte der Alten zu:

– Er ist nicht nüchtern!

Und im Glauben, einschreiten zu müssen, nahm er die Kaffeekanne und goß die Tasse des Pastors voll, stellte die Branntweinflasche daneben und bat ihn mit einer Verbeugung, fürlieb zu nehmen.

Mit einem vernichtenden Blick hob der Alte seinen grauen Kopf, als wolle er, daß der Schlag Carlsson rühre; mit Ekel die Tasse von sich schiebend, spuckte er aus:

– Bist du hier zu Hause, Knecht?

Dann wendete er sich zur Alten:

– Gebt mir eine Tasse Kaffee, Frau Flod!

Und dann versank er für eine Weile in tiefes Schweigen, sich vielleicht an die Größe früherer Tage erinnernd und erwägend, wie die Unverschämtheit beim Volk überhand nahm.

– Verfluchter Knecht! schnaubte er noch ein Mal. Mach, daß du hinauskommst, und hilf Robert beim Boot!

Carlsson versuchte es mit Schmeichelei, wurde aber sofort unterbrochen:

– Weißt du nicht, wer du bist?

Carlsson verschwand durch die Tür.

Nachdem sich der Pastor mit einem Schluck aus der Tasse erfrischt hatte, fuhr er die Alte an, die eine Entschuldigung für den Knecht zu drechseln suchte:

– Habt ihr die Zugnetze draußen?

– Ja, lieber Herr Pastor, öffnete die Alte die Schleusen, und alle Schleppnetze auch. Um sechs herum konnte noch niemand wissen, daß für die Nacht Sturm kommen werde; und ich kenne Gustav. Er würde eher zu Grunde gehen, als daß er das Garn heute Nacht liegen ließe.

– Ach was, der weiß sich schon zu helfen! tröstete der Pastor.

– Sagen Sie das nicht, Herr Pastor! Mag das Garn meinetwegen draufgehen, es steckt zwar ein gut Stück Geld darin, wenn nur der Junge heil aus der Sache herauskommt ...

– Er wird doch nicht so dumm sein, die Netze in diesem Wetter aufzunehmen? Die ganze See liegt ja darauf!

– Das gerade kann man von ihm erwarten! Wie der Vater hat er immer etwas Besonderes vorstellen wollen, und er wäre im Stande, sein Leben daran zu setzen, um die Zugnetze nicht verloren gehen zu lassen.

– Ist es so mit ihm bestellt, Frau, dann kann ihm selbst der Teufel nicht helfen! Übrigens es fischt sich gut! Wir waren vergangene Woche mit sechs Schleppnetzen draußen bei den Erlenkobben, und wir haben achtzehn mal achtzig gefangen.

– War der Strömling denn auch fett?

– Das will ich meinen, fett wie Butter. Aber sagt mal, Frau Flod, was ist das für ein Geschwätz, das von Euch umläuft: Ihr sollt daran denken, Euch wieder zu verheiraten? Ist das wahr?

– Ei potztausend, brach die Alte los, sagt man das? Das ist doch toll, was die Leute schwatzen können.

– Mir geht es ja nicht zu nahe, erwiderte der Pastor; verhält es sich aber so, wie man sagt, daß es sich um den Knecht handelt, so wäre es um den Jungen schade.

– Oh, für den Jungen ist keine Gefahr, und einen schlechtern Stiefvater hat mancher gekriegt.

– Es ist also wahr, höre ich. Brennt es noch so heftig in dem alten Körper, daß Ihr's nicht mehr aushalten könnt? Das Fleisch will das Seine haben, und der Pfahl sitzt da, hahaha!

Hier warf der Pastor einen prüfenden Blick auf Clara und Lotte, um zu sehen, wie sie aussahen, wenn sie verlegen wurden; sie sahen wirklich recht schelmisch aus, wie sie vergebens das Lachen zu verbeißen suchten, denn der Pastor fühlte sich veranlaßt, den Scherz noch weiter zu spinnen.

– Ihr grinst, Mädchen? Als ob ihr das nicht kenntet!

– Wollen Sie nicht noch eine Halbe trinken, Herr Pastor? unterbrach ihn die Alte, die ängstlich wurde über die Wendung, die das Gespräch ins Liebesgebiet nahm.

– Bitte, Frau; seid so freundlich! Danke! Aber ich muß auch ins Bett, und Ihr habt wohl noch nicht für mich aufgebettet.

Lotte wurde auf die Kammer geschickt, um das Bett zu machen, nachdem man beschlossen, daß Carlsson und Robert in der Küche schlafen sollten.

Der Pastor gähnte und rieb den einen Fuß gegen den andern, fuhr mit der Hand über die Stirn bis zur nackten Glatze hinauf, als wolle er namenlosen Kummer fortstreichen; dabei sank der Kopf in kurzen Rucken gegen die Tischplatte, wo schließlich das Kinn seine Stütze fand.

Die Alte, die sah, wie es stand, trat näher und legte ihm die Hand behutsam auf die Schulter, klopfte sacht und bat mit rührender Stimme:

– Lieber Herr Pastor! Können wir nicht ein gutes Wort heute Abend hören, ehe wir zu Bett gehen? Denken Sie an die Alte und ihren Jungen, der auf See ist.

– Ein gutes Wort? Ja! Gebt mir das Buch; Ihr wißt ja, wo es steckt.

Die Alte nahm den ledernen Proviantsack und holte ein schwarzes Buch mit goldenem Kreuz heraus. Wie ein Reisekästchen, aus dem alten Frauen und Kranken stärkende Tropfen geboten werden, pflegte man dieses Buch vorzunehmen. Andächtig, als habe sie ein Stück von der Kirche in ihre niedrige Hütte gebracht, trug sie das geheimnisvolle Buch, behutsam wie ein warmes

Brot, auf ihren beiden Händen; schob vorsichtig die Tasse des Pastors bei Seite, wischte den Tisch mit ihrer Schürze ab und legte das heilige Buch vor den schweren Kopf.

– Lieber Pastor, flüsterte die Alte, während der Wind im Schornstein lärmte, da ist das Buch.

– Gut, gut, antwortete der Pastor wie im Schlaf; streckte den Arm aus, ohne den Kopf zu heben, tappte nach der Kaffeetasse und fuhr mit dem Finger so gegen den Henkel, daß er die Tasse umstieß; in zwei Bächen floß der Branntwein über den fettigen Tisch.

– Oh oh, klagte die Alte und rettete das Buch; das geht nicht! Sie sind schläfrig, Herr Pastor, und müssen sich niederlegen.

Aber der Pastor schnarchte schon; er ruhte mit dem Arm auf der Tischplatte und hatte den langen Finger zu einer albernen Gebärde ausgestreckt, als zeige er nach einem unsichtbaren Ziel, das augenblicklich unerreichbar war.

– Wie sollen wir's nur anfangen, ihn ins Bett zu bringen? klagte die Alte den Mädchen.

Sie wußte, in welch furchtbare Laune er geraten konnte, wenn er aus dem Rausch geweckt wurde. Ihn in der Küche zu lassen, ging nicht der Mädchen wegen; auch in die Stube durfte er nicht; dann hätte man darüber geklatscht.

Die drei Frauen gingen um den Schlafenden herum, wie Ratten die Katze umkreisen, um ihr Schellen anzuhängen, ohne es jedoch zu wagen.

Inzwischen war das Feuer im Herd erloschen und der Wind drang durch Fenster und undichte Wände. Der Alte, der ja in bloßen Strümpfen dasaß, mußte kalt geworden sein, denn eins, zwei, drei erhob sich der Kopf, der Mund öffnete sich gähnend, und drei Aufschreie, die klangen, wie wenn der Fuchs seinen Geist aufgibt, ließen die Frauen zusammenfahren.

– Ich glaube, ich habe geniest, sagte der Pastor, erhob sich und ging mit geschlossenen Augen zu einem Fenstersofa; dort sank er nieder, streckte sich auf den Rücken aus, faltete die Hände über der Brust und schlummerte mit einem langen Seufzer ein.

Ihn von dort weg zu bringen, daran war nicht zu denken.

Auch Carlsson und Robert, die jetzt zurückkamen, wagten nicht, ihn anzurühren.

– Er schläft! Nehmt euch in Acht, sagte Robert. Gebt ihm nur ein Kissen unter den Kopf und werft eine Decke über ihn, dann schläft er bis zum Morgen.

Die Alte nahm die Mädchen mit in die Stube. Robert mußte auf dem Heuboden über dem Vorratsschuppen schlafen. Carlsson ging auf seine Kammer. Die Lichter wurden gelöscht und es ward still in der Küche.

Da aber erinnerte sich die Alte, daß der Pastor kein Trinkwasser habe, und Clara wurde mit der Kupferflasche zu ihm hineingeschickt. Sie ging auf Zehen, so leise sie konnte, ohne mit der Tür zu knarren, kam aber schnell wieder heraus:

– Oh, das ist ja ein Ferkel!

– Was, was? fragte die Alte eifrig, im Glauben, dem Pastor sei etwas zugestoßen.

– Oh, könnt Ihr glauben, Tante, er wollte, ich solle mich zu ihm legen ... Das ist ja schrecklich!

– Das kann ich nicht glauben, meinte die Alte, welche die Ehre, den Pastor als Gast unter ihrem Dache zu haben, sich nicht schmälern lassen wollte. Das kann ich nicht glauben.

– Ja, aber er hat mich um den Leib gefaßt und wollte mich ...

– Ach, Geschwätz, schnauzte die Alte, schloß die Tür und löschte das Licht. Gute Nacht!

Bald lag das ganze Haus im Schlaf, der mehr oder weniger ruhig war.

Am nächsten Morgen, als der Hahn krähte und Frau Flod aufstand, um ihre Leute zu wecken, waren der Pastor und Robert fort. Der Sturm hatte sich etwas gelegt, kalte weiße Herbstwolken zogen von Osten ins Land hinein und der Himmel war wieder blau.

Gegen acht begann die Alte ihre Wanderungen nach der östlichen Landspitze hinunter, um nachzuschauen, ob sich kein Boot auf dem Meere zeige. Draußen in der Rinne zwischen den Kobben tauchte das eine und das andere gereffte Rahsegel auf, verschwand und kam wieder zum Vorschein. Die See lag blau da wie Stahl, und die äußersten Schären dämmerten, hingen wie an luftfarbigen Tüchern, als seien sie aus dem Wasser in die Höhe geflossen und im Begriff, sich wie Nachtnebel zu erheben. Die jungen Sägegänse lagen auf Buchten und Landspitzen und liefen auf den Seen; tauchten, wenn sie den Meeradler auf seinem schweren Flug über sich sahen, und kamen wieder in die Höhe; liefen von neuem, daß das Wasser sprühte.

Sah Frau Flod draußen auf einer Schäre die Möwen fliegen und hörte sie sie schreien, dachte sie: da kommt ein Segel; und es kamen auch Segel, aber alle zogen an der Insel vorbei, entweder nach Norden oder nach Süden.

Der kalte Wind und die weißen Wolken peinigten die Augen der Alten; sie ging in den Wald zurück, des Wartens müde. Sie fing an Preiselbeeren in die Schürze zu pflücken, denn sie konnte nicht ohne Beschäftigung sein, sondern mußte etwas haben, mit dem sie sich die Unruhe vertrieb. Der Sohn war ihr doch das Liebste; und sie war nicht halb so bekümmert gewesen an jenem Abend, als sie am Zauntritt stand und eine andere dunkle Hoffnung in der Finsternis verschwinden sah. Heute sehnte sie sich mehr nach ihrem Jungen, denn sie hatte ein Gefühl, er werde sie bald verlassen. Das Wort des Pastors gestern Abend über das Geschwätz hatte den Pulverfaden angesteckt; bald würde es puff! machen. Wem dann die Augenbrauen versengt würden, war nicht zu bestimmen; daß aber einem etwas geschehen werde, war anzunehmen.

Schließlich schlenderte sie langsam nach Hause. Als sie auf die Eichenhöhe kam, hörte sie Stimmen unten von der Landungsbrücke. Durch das Eichenlaub sah sie, wie Menschen sich um den Seeschuppen bewegten, mit einander sprachen, verhandelten, stritten. Es hatte sich, während sie fort war, etwas zugetragen! Aber was?

Die Unruhe jagte die Neugier auf, und sie trabte die Anhöhe hinunter, um zu erfahren, was geschehen war.

Als sie an den Feldzaun kam, sah sie das Achterstück des Netzbootes. Sie waren also um die Insel herum gerudert!

Normans Stimme war deutlich zu hören, wie er den Verlauf schilderte:

– Er ging auf den Grund wie ein Stein; dann kam er wieder in die Höhe; da aber kriegte er den Tod mitten durchs linke Auge; es war genau so, als lösche man ein Licht aus.

– Herr Jesus, ist er tot? schrie die Alte und stürzte über den Zaun.

Aber niemand hörte sie, denn Rundqvist setzte die Leichenrede im Boot fort.

– Und dann warfen wir die Dregg und als der Ankerflügel ihn im Rücken packte, da ...

Die Alte war hinter die Stangen gekommen, an denen die Netze trockneten, und konnte nicht hindurch; aber sie sah, wie durch einen Schleier vor einem Spiegel, hinter den aufgehängten

Netzen, wie alle Leute des Hofes um einen grauen Körper, der im Boot verstaut war, lagen, knieten, krochen. Sie schrie auf und wollte unter den Netzen durch, aber die Schwimmer blieben in ihren Haarflechten hängen und die Senker schlugen wie eine Geisel.

– Was haben wir denn da in den Flundernetzen gefangen? schrie Rundqvist, der sah, daß das Garn lebendig wurde. Nein, ich glaube, das ist Tante!

– Ist's aus mit ihm? schrie Frau Flod so laut sie konnte. Ist's aus mit ihm?

– Aus wie mit einem toten Hund!

Die Alte kam endlich los und eilte an die Landungsbrücke. Da lag Gustav mit bloßem Kopfe im Boot auf dem Bauch, aber er bewegte sich, und unter ihm war ein großer haariger Körper zu sehen.

Bist du's, Mama? grüßte Gustav, ohne sich umzudrehen. Sieh, was wir gefangen haben!

Die Alte machte große Augen, als sie einen fetten Seehund erblickte, dem Gustav gerade das Fell abzog. Seehunde gab's allerdings nicht alle Tage; das Fleisch konnte man essen, wie es jetzt war; der Tran reichte zu manchem Paar Stiefel; das Fell war wohl seine zwanzig Kronen wert. Aber nötiger war doch der Winterströmling, und sie sah nicht eine Flosse im Boot; wurde deshalb etwas verstimmt, vergaß sowohl den wiedergefundenen Sohn wie den unerwarteten Seehund und brach in Vorwürfe aus:

– Und der Strömling?

– Dem war nicht beizukommen, antwortete Gustav. Aber den kann man ja schließlich kaufen, während man Seehunde nicht alle Tage kriegt.

– Ja, so sprichst du immer, Gustav! Aber es ist wirklich eine Schande, drei Tage auszubleiben und nicht einen einzigen Fisch heimzubringen. Was sollen wir denn diesen Winter essen?

Sie fand aber keine Zustimmung; vom Strömling hatte man genug bekommen, und Fleisch war Fleisch; außerdem hatten die Jäger durch ihre Erzählung des merkwürdigen Jagdabenteuers alle Aufmerksamkeit auf sich gelenkt.

– Ja, benutzte Carlsson die Gelegenheit, indem er sich ein Stück vom Aas abhieb, hätten wir jetzt nicht den Ackerbau, so kriegten wir nichts zu essen!

An diesem Tage fischte man nicht mehr; der große Waschkessel wurde aufs Feuer gesetzt, um den Tran auszukochen; in der Küche wurde gebraten und geschmort; dazwischen trank man Kaffeehalbe. Auf der südlichen Wand der Scheune wurde das Fell wie ein Siegeszeichen ausgespannt; Leichenreden wurden dabei gehalten, und alle kommenden und gehenden Kleingläubigen mußten ihre Finger in die Schußlöcher stecken und anhören: wie das Blei dahin gekommen; wo der Seehund auf den Stein gekrochen war; was Gustav im letzten Augenblick, als der Schuß losgehen sollte, zu Norman sagte; wie sich der sterbende Seehund im letzten Augenblick benahm, als ihm das »Leben wie ein Faden abgeschnitten wurde«.

Carlsson war kein Held in diesen Tagen, aber er schmiedete heimlich sein Eisen; und als das Fischen zu Ende war, setzte er sich mit Norman und Lotte ins Boot, um nach der Stadt zu fahren.

Als Frau Flod an die Landungsbrücke hinunter kam, um die aus der Stadt Heimkehrenden zu empfangen, war Carlsson so freundlich und bescheiden, daß die Alte sofort merkte, es war etwas dazwischen gekommen.

Nach dem Abendbrot ließ sie ihn in die Stube eintreten, damit er das Geld aufzähle. Er mußte sich setzen und berichten. Aber das ging träge; der Knecht schien keine Lust zu haben, etwas mitzuteilen; doch die Alte ließ nicht locker, bis er mit einem Reisebericht herausrückte.

– Nun, Carlsson, melkte sie, Ihr seid doch auch bei Professors gewesen, nicht wahr?

– Ja, natürlich war ich dort, antwortete Carlsson, der augenscheinlich von der Erinnerung unangenehm berührt wurde.

– Nun, wie geht's ihnen denn?

– Sie lassen alle auf dem Hof grüßen; sie waren so freundlich, mich zum Frühstück einzuladen. Es war sehr fein in der Wohnung, und wir haben auch etwas Gutes gekriegt.

– Was habt Ihr denn Gutes gekriegt?

– Oh, wir haben Hummer mit Schwammpignons gegessen und dazu Porter getrunken.

– Da habt Ihr wohl auch die Mädchen gesehen, Carlsson?

– Ja gewiß, antwortete Carlsson freimütig.

– Und die sind sich gleich geblieben, nicht wahr?

Das waren sie nun allerdings nicht; das würde aber die Alte zu sehr gefreut haben; darum antwortete Carlsson nicht darauf.

– Ja, sie waren sehr nett! Wir sind abends in Berns Salon gewesen, um uns die Musik anzuhören; da habe ich sie mit Sherry und belegten Brötchen traktiert. Es war, wie gesagt, sehr nett.

In Wirklichkeit war es aber durchaus nicht nett gewesen; die Sache war nämlich ganz anders verlaufen.

Carlsson war in der Küche von Lina empfangen worden, denn Ida war ausgegangen; an der Ecke des Küchentisches hatte er dann eine halbe Flasche Bier getrunken. Dabei war die Frau des Professors in die Küche gekommen und hatte zu Lina gesagt, sie solle einen Hummer holen, da abends Besuch komme; dann war sie wieder gegangen.

Als Carlsson mit Lina wieder allein war, wurde die etwas verlegen; schließlich kriegte Carlsson aus ihr heraus, daß Ida seinen Brief empfangen und ihn eines Abends, als ihr Bräutigam dagewesen, laut vorgelesen habe; das war in der Kammer geschehen, wo der Bräutigam Porter trank und Lina Champignons reinigte. Und sie hatten sich halb tot gelacht. Zwei Male habe der Bräutigam den Brief gelesen, laut wie ein Pastor. Am meisten hatten sie sich über den »alten Carlsson« und seine »letzten Stunden« amüsiert. Als sie an die Stelle von »Versuchungen und Irrwegen« kamen, hatte der Bräutigam – er war Bierfahrer – vorgeschlagen, nach Berns Salon in die Versuchung zu gehen. Und sie waren dorthin gegangen und wurden von dem Bräutigam mit Sherry und belegten Brötchen traktiert.

Ob nun Linas Erzählung Carlssons Sinn erregt und sein Gedächtnis erschüttert hatte; oder ob er sich so lebhaft in die Kleider des Bierfahrers gewünscht, daß er sich in dessen angenehme Lage als Wirt versetzt, sich mit dem Hummer essenden Gast verwechselt, den Porter des Bräutigams getrunken und Linas Champignons gegessen hatte – genug, er stellte die Sache der Alten so dar, daß er die Wirkung erzielte, die er beabsichtigte; und das war die Hauptsache.

Nachdem er so weit gekommen war, fühlte er sich ruhig genug, um zum Angriff überzugehen. Die Burschen waren auf See, Rundqvist hatte sich niedergelegt, und die Mädchen waren für diesen Tag fertig geworden.

– Was ist das für ein Geschwätz, das hier im Kirchspiel umläuft; das ich überall hören muß? begann er.

– Was schwatzt man jetzt wieder? fragte Frau Flod.

– Ach, es ist das alte Geschwätz: wir dächten daran, uns zu heiraten.

– Ja, das ist nichts Neues; das haben wir so oft gehört.

– Aber es ist doch ganz unglaublich, daß die Leute behaupten, was nicht wahr ist! Das ist mir ganz unbegreiflich, sagte der listige Carlsson.

– Ja, was solltet Ihr, der junge, flinke Kerl, auch mit einem alten Weibe, wie ich bin, anfangen?

– Oh, was das Alter betrifft, damit hat's keine Gefahr. Darf ich für mein Teil sprechen: sollte ich einmal daran d e n k e n , mich zu verheiraten, so wäre es nicht mit einer Dirne, die nichts kann und nichts weiß; denn seht Ihr, Tante, die Lust ist eine Sache und sich verheiraten eine andere! Denn die Lust, die weltliche Lust vergeht wie ein Rauch, und die Treue ist wie Kautabak, wenn ein anderer kommt, der Zigarren spendiert. Seht, so bin ich, Tante: mit der ich mich verheirate, der halte ich auch Treue; und so bin ich immer gewesen, und wer etwas anderes sagt, der lügt.

Die Alte spitzte die Ohren und merkte die Anspielung.

– Aber Ida? Ist es nicht Ernst zwischen ihr und Euch? untersuchte sie.

– Ida, ja, die ist ja an und für sich ganz gut; ich brauchte nur den Finger nach ihr auszustrecken, dann hätte ich sie! Aber, Tante, sie hat nicht die rechte Gesinnung; sie ist weltlich und eitel, und ich glaube, sie wandelt sogar auf unrechten Wegen. Übrigens muß ich sagen, ich fange an alt zu werden und habe keine Lust zum Schäkern mehr. Ja, gerade heraus gesagt: s o l l t e ich ans Heiraten denken, so würde ich eine ältere, verständige Person nehmen, eine, welche die rechte Gesinnung hat. Ich weiß nicht recht, wie ich mich ausdrücken soll, aber Ihr versteht mich doch wohl, Tante, denn Ihr habt ja die rechte Gesinnung; ja, die habt Ihr.

Die Alte hatte sich am Tisch niedergelassen, um Carlssons Winkelzüge besser verstehen zu können, damit sie nicht die Gelegenheit versäume, ihr Amen zu sagen, wenn er mit seinem Ja herausrückte.

– Aber sagt mal, Carlsson, begann sie ein neues Garnende, habt Ihr denn nicht an die Witwe von Owassa gedacht, die allein steht und nichts Besseres verlangt, als wieder zu heiraten?

– Ach nein, die kenne ich wohl, aber die hat nicht die r e c h t e G e s i n n u n g : wer mich haben will, der muß die rechte Gesinnung haben! Geld und äußeres Getue und feine Kleider, das macht auf mich keinen Eindruck, denn so bin ich nicht! Und wer mich wirklich kennt, der kann nichts anderes sagen.

Der Stoff schien nun von allen Seiten benagt zu sein; einer mußte das letzte Wort sagen, solange es noch möglich war.

– Nun, an wen habt Ihr denn gedacht, Carlsson? wagte sich die Frau einen kühnen Schritt vor.

– Gedacht? Gedacht! Man denkt dies und das; ich habe überhaupt noch nichts gedacht. Der etwas denkt, der spreche; ich schweige! Man soll nachher nicht sagen können, ich habe jemanden verlockt: von der Gesinnung bin ich nicht.

Die Alte wußte jetzt nicht recht, wo sie zu Hause war; und sie mußte sich noch ein Mal vortasten.

– Ja, aber, lieber Carlsson, wenn Ihr Ida in Gedanken habt, dann könnt Ihr doch nicht in vollem Ernst an eine andere denken.

– Ida, nein, die Füchsin will ich nicht geschenkt haben! Nein, etwas Besseres muß es sein; Kleider am Körper muß sie wenigstens besitzen; und hat sie noch etwas mehr, so schadet es auch nichts; doch sehe ich nicht darauf, denn so bin ich, das ist meine Gesinnung.

Jetzt war man so viele Male hin- und hergefahren, daß man in die Gefahr kam, sitzen zu bleiben, wenn die Alte sich nicht noch einen Ruck gab.

– Nun, Carlsson, was würdet Ihr sagen, wenn wir beide uns zusammen täten?

Carlsson wehrte mit beiden Händen ab, als wolle er sofort vom ersten Augenblick an jeden Verdacht einer solchen Niedrigkeit verjagen.

– Aber das kann doch gar nicht in Frage kommen! beteuerte er. Daran wollen wir nicht einmal denken, geschweige denn davon sprechen. Was würden die Leute schwatzen: ich hätte Euch fürs Geld genommen. Aber so bin ich nicht, und das ist nicht meine Gesinnung. Nein, über die Sache wollen wir kein Wort mehr verlieren. Versprecht mir das, Tante, und gebt mir die Hand darauf (er streckte seine Hand aus), daß wir nie wieder davon sprechen! Gebt mir die Hand darauf!

Frau Flod aber wollte ihm nicht die Hand darauf geben, sondern sie wollte gerade die Sache gründlich besprechen.

– Warum soll man nicht von dem sprechen, was sich doch zutragen könnte? Ich bin alt, das wißt Ihr, Carlsson, und Gustav ist nicht der Mann dazu, den Hof zu übernehmen. Ich brauche jemanden, der mir zur Seite steht und hilft; aber ich verstehe wohl, daß Ihr Euch nicht für andere verbrauchen und Euch nicht für nichts abrackern wollt: darum weiß ich mir keinen andern Rat, als daß wir uns verheiraten. Die Leute laßt nur schwatzen; sie klatschen doch so wie so! Habt Ihr nichts Besonderes gegen mich, Carlsson, so sehe ich nichts, was uns hindern sollte. Was habt Ihr gegen mich?

– Gegen Euch habe ich nichts, Tante, durchaus nichts; aber dieses dumme Geschwätz; und übrigens Gustav wird uns das nie vergessen.

– Ach was, seid Ihr nicht Manns genug, den Jungen im Zaun zu halten, so werde ich's schon besorgen. In die Jahre bin ich ja gekommen, aber so alt bin ich denn doch noch nicht, und ich muß ihm unter vier Augen sagen, Carlsson ... wenn es darauf ankommt, bin ich noch ebenso gut wie ein Mädchen. Ja, das ist keine Prahlerei, aber ich glaube, der Flod hat sich nicht zu beklagen gehabt; und wenn einer Anregung gebraucht hat, ich war es nicht.

Das war eine dunkle Rede, aber genug für den, der sie verstand.

– Oh, darüber habe ich mich nicht abfällig geäußert, antwortete Carlsson, und ich bin auch noch nicht so uralt, aber keiner von uns ist so erpicht aufs Tanzen, daß d a s eine Gefahr sein sollte. Tanzen ist eine Sache, und Gesinnung eine andere, und wer die r e c h t e Gesinnung hat, mit der kann man ins Brautbett gehen, ohne die Decke zu hoch heben zu müssen. Übrigens muß ich Euch sagen, Tante, ich bin nicht sehr fleischlich, und Ihr habt wohl auch genug gehabt, nach dem was ich über Flod gehört habe.

Das Gespräch hatte einen solchen Reiz erhalten, daß man nicht aufhören konnte, zumal die Erinnerung an entschwundene Freuden der Einen neue Hoffnungen einflößte, während der Andere neugierig wurde auf das, was ihn erwartete.

– Ja, den Flod wollen wir nun ruhen lassen, da er tot ist; aber seid Ihr bange, Carlsson, so könnt Ihr ja die Probe machen, ehe Ihr Euch entscheidet.

– Oh, das ist durchaus nicht nötig, widersprach Carlsson. Aber ist das hier am Orte Sitte mit den Mädchen, Herr Gott, so will ich alten Brauch nicht brechen; man muß die Sitte nehmen, wie man sie findet ...

Das Eis war gebrochen. Nun kam eine Flut von Plänen und Beratungen, wie man sich Gustav gegenüber verhalten und wie man es mit der Hochzeit machen solle.

Die Verhandlungen dauerten lange, so lange, daß die Alte den Kaffeekessel aufsetzen und die Branntweinflasche hervorholen mußte. Bis tief in die Nacht hinein dauerten die Verhandlungen, bis Carlsson in die rechte Gesinnung kam, um zu zeigen, daß er alten Brauch nicht brechen wolle. Damit war der Bund besiegelt, wenn auch noch nicht geweiht.

Fünftes Kapitel

Man schlägt sich beim dritten Aufgebot, geht zum Abendmahl und hält Hochzeit, kommt aber doch nicht ins Brautbett

Daß niemand besser ist, als wenn er stirbt, und keiner schlechter, als wenn er heiratet, mußte Carlsson bald erfahren. Gustav hatte gebrüllt wie ein hungriger Seehund, hatte drei Tage lang getobt, während Carlsson eine kleine Reise unter irgend einem Vorwande unternahm.

Der alte Flod wurde aus der Erde ausgegraben und nach allen Seiten gewendet, um für den besten Menschen erklärt zu werden, der bisher geschaffen worden. Dagegen kehrte man Carlsson um wie alte Kleider, um ihn auf der innern Seite voller Flecken zu finden. Man entdeckte, daß er Bahnarbeiter und Reiseprediger gewesen, von drei Stellen fortgejagt worden, ein Mal ganz sicher geflüchtet, ein Mal, nach nicht verbürgter Angabe, wegen Schlägerei bestraft worden sei.

Das alles hielt man Frau Flod unter die Nase; aber die Flamme brannte nun einmal, und mit der Aussicht, daß der Witwenstand zu Ende sei, schien die Alte wieder aufzuleben und sich ein dickes Fell anzulegen, mit dem sie alles vertragen konnte.

Die Feindseligkeit gegen Carlsson hatte ihre Wurzel darin, daß er, der Fremdling, jetzt durch die Heirat in Besitz dieses Stück Landes kommen sollte, das die Eingeborenen gewissermaßen als ihr Eigentum betrachtet hatten.

Da die Alte wahrscheinlich noch manches Jahr leben würde, verringerten sich des Sohnes Aussichten, einst sein eigener Herr zu werden; und seine Stellung auf dem Hofe würde künftighin wohl die eines Knechtes sein, und zwar unter der Vormundschaft und dem guten Willen des frühern Knechtes. Es war also ganz natürlich, daß der Abgesetzte raste. Er gab der Mutter scharfe Worte, drohte zur Polizei zu gehen, Anzeige zu machen und den künftigen Stiefvater fortjagen zu lassen.

Noch böser wurde er, als Carlsson von seiner kleinen Reise im schwarzen Sonntagsrock und der Seehundsmütze des seligen Flod zurückkam, die er bei der ersten zärtlichen Gelegenheit als Morgengabe erhalten hatte. Gustav sagte nichts, bestach aber Rundqvist, Carlsson einen Schabernack zu spielen.

Eines Morgens, als man sich an den Frühstückstisch setzte, lag auf Carlssons Platz ein Handtuch, das eine Menge unsichtbarer Dinge verbarg. Carlsson, der nichts Böses ahnte, hob das Handtuch auf und sah sein Tischende mit all dem Plunder gedeckt, den er in seinen Sack gesammelt und unter dem Bett auf seiner Kammer verborgen hatte. Da standen leere Hummerbüchsen, Sardinendosen, Champignonkrüge, eine Porterflasche, unendlich viel Körke, ein gesprungener Blumentopf und anderes mehr.

Ihm wurde grün vor den Augen; er wußte aber nicht, gegen wen er losbrechen sollte.

Rundqvist verhalf ihm zu einem Ableiter, indem er erklärte, das sei ein üblicher »Spaß« in der Gegend, wenn sich jemand verheirate.

Unglücklicher Weise kam Gustav gerade hinzu, um sein Erstaunen auszusprechen, daß der Lumpensammler so früh im Herbst gekommen, während er sonst sich nicht vor Neujahr zu zeigen pflege. Gleichzeitig griff Norman ein, um zu erklären, es sei kein Lumpensammler da gewesen, das seien Carlssons Andenken an Ida; mit denen habe Rundqvist dem Carlsson einen Streich spielen wollen, da es jetzt zwischen den beiden aus sei.

Nun fielen scharfe Worte. Das Ende war, daß Gustav zur Pfarre segelte. Dort gelang es ihm, Carlssons Hochzeit auf sechs Monate zu verschieben, da dessen Papiere nicht in Ordnung waren.

Das war für Carlsson ein Strich durch die Rechnung. Doch er suchte den, so gut er konnte, wieder auszukratzen, indem er sich Ersatz verschaffte.

Zuerst hatte Carlsson seine neue Stellung feierlich aufgefaßt; als das aber übel ablief, beschloß er, sie wenigstens den Leuten auf dem Hof gegenüber scherzhaft zu nehmen. Das gelang ihm auch, nur mit Gustav nicht; der unterhielt beständig einen unterseeischen Kampf, ohne irgend ein Zeichen zur Versöhnung blicken zu lassen.

So verging der Winter, langsam und still. Man haute Holz, flickte Netze, fischte auf dem Eis. Dazwischen spielte man Karten und trank Kaffeehalbe. Feierte Weihnachten durch einen Schmaus. Lag der Eisvogeljagd ob.

Es wurde wieder Frühling. Der Eiderstrich lockte aufs Meer hinaus; aber Carlsson setzte alle Kräfte an die Bestellung, um auf eine gute Ernte rechnen zu können. Die war nötig, um den Ausfall zu ersetzen, den die Hochzeit bringen würde; besonders da man die Absicht hatte, eine große Hochzeit zu halten, an die man noch Jahre lang denken sollte.

Mit den Zugvögeln kamen auch die Sommergäste. Der Professor nickte freundlich wie im vorigen Jahre und fand, es sei alles »schön« wie früher, besonders daß man Hochzeit halte. Glücklicher Weise war Ida nicht dabei. Sie hatte im April den Dienst verlassen und sollte sich bald verheiraten. Ihre Nachfolgerin war nicht besonders anziehend; auch hatte Carlsson zu viel Eisen im Feuer, um sich mit ihr einzulassen; zumal er das Spiel in der Hand hatte und nicht geneigt war, es zu verlieren.

Am Mittsommertag wurden die Verlobten aufgeboten, und die Hochzeit sollte zwischen Heumahd und Kornernte stattfinden; dann war immer eine kleine Ruhepause in der Arbeit, sowohl zu Lande wie zu Wasser.

Nach dem Aufgebot machte sich eine Änderung in Carlssons Wesen bemerkbar, die nicht gerade angenehm war; Frau Flod war die erste, die sie zu empfinden hatte. Nach der Sitte des Landes hatten sie seit der Verlobung wie verheiratete Leute gelebt; und der Bräutigam, den der Aufschub bedrohte, wußte sein Benehmen immer nach den zwingenden Umständen einzurichten. Als die Gefahr aber vorüber war, trug er den Kopf hoch und zeigte die Klauen.

Das machte jedoch auf Frau Flod, die sich ebenfalls sicher fühlte, keinen andern Eindruck, als daß sie die Zähne zeigte, so viel sie noch hatte. So gerieten sie am Tage des dritten Aufgebots an einander.

Die ganze Bevölkerung der Insel außer Lotte war nach der Kirche gefahren, um das Abendmahl zu nehmen. Wie gewöhnlich hatte man das kleinste Boot genommen, um, falls man rudern mußte, so wenig Mühe wie möglich damit zu haben. Es war also eng im Boot, zumal man Proviant, Fische für den Pastor und Lichter für den Küster mitführte; außerdem hatte man alle möglichen Kleidungsstücke zum Wechseln mitgenommen; ganz abgesehen von Segel und Rudern, Schöpfgefäßen und Eimern, Schemeln und Tritten.

Nach Gewohnheit hatte man ein besseres Frühstück gegessen; hatte einander aus Krügen und Flaschen zugetrunken. Heiß war es auch auf See, und niemand wollte rudern; ein kleiner Streit brach unter den Männern aus, von denen keiner Lust hatte, schwitzend in die Kirche zu kommen. Die Frauen traten dazwischen; und als man in die Kirchbucht kam und die Glocken hörte, die man seit Jahr und Tag nicht vernommen, wurde der Zwist beigelegt.

Es läutete erst zum ersten Male; man hatte also noch viel Zeit. Frau Flod ging darum mit den Fischen nach der Pfarre hinauf.

Der Pastor rasierte sich gerade und war bei grimmiger Laune.

– Seltenen Besuch hat die Kirche heute, da die Hemsöer kommen, grüßte er und prüfte das Messer am Zeigefinger. Kommen die Leute mit Fischen, als hätte man die See nicht vor der Tür, schnauzte er.

Carlsson, der die Fische trug, konnte in die Küche gehen, um sich einen Schnaps geben zu lassen.

Dann ging man mit den Lichtern zum Küster; und dort gab es auch einen Schnaps.

Schließlich trafen sich alle vor der Kirche, sahen sich die Pferde der Großbauern an, lasen die Grabsteine und begrüßten Bekannte. Frau Flod machte dem Grabe Flods einen kurzen Besuch, während Carlsson bei Seite ging.

Als es zum letzten Male geläutet hatte, trat die Gemeinde in die Kirche ein.

Da die Hemsöer, nachdem die alte Kirche verbrannt war, keinen eigenen Kirchenstuhl hatten, mußten sie auf dem Gange stehen. Heiß war es, und fremd fühlten sie sich in dem großen Raume; aus reiner Verlegenheit schwitzten sie; sie sahen aus wie eine Bande aus der Besserungsanstalt, die am Pranger stand.

Die Uhr wurde elf, ehe man zum Kanzellied kam; die Hemsöer hatten einige zwanzig Male die Beine umgestellt und die Füße gewechselt. Die Sonne schien so heiß in die Kirche, daß der Schweiß ihnen von den Stirnen perlte; aber sie standen wie in einer Zange und konnten sich nicht nach einem schattigen Fleck retten.

Da kommt der Kirchendiener und setzt Nummer 158 des Gesangbuches an. Die Orgel spielt ein Vorspiel und der Küster beginnt mit der ersten Strophe. Die wird mit Lust und Liebe gesungen, da man unmittelbar nach ihr die Predigt erwartete. Aber siehe, es kommt Strophe zwei und drei.

– Es kann doch nicht sein Ernst sein, alle achtzehn durchzunehmen? flüsterte Rundqvist Norman zu.

Aber es war Ernst! In der Tür zur Sakristei war Pastor Nordströms zorniges Gesicht zu sehen, das die Gemeinde trotzig und herausfordernd anblickte; er hatte beschlossen, ihr eine gehörige Lehre zu geben, da er sie ein Mal unter den Händen hatte.

Und alle achtzehn Strophen wurden gesungen; die Uhr war halb zwölf, als der Pastor endlich auf die Kanzel kam. Da aber waren sie weich, so weich, daß sie auf ihr Angesicht niederfielen und einschliefen.

Lange dauerte jedoch der Schlaf nicht, denn eins, zwei, drei schrie der Pastor sie an, daß die Schlummernden auffuhren, die Köpfe in die Höhe warfen und den Nachbar dumm anstarrten, als fragten sie, ob Feuer ausgebrochen sei.

Carlsson und die Alte hatten sich so weit vorgedrängt, daß ein Rückzug nach der Tür unmöglich war, ohne Aufsehen zu erregen. Die Alte weinte aus Müdigkeit und infolge ihrer engen Stiefel, die um so ärger drückten, je höher die Wärme stieg. Zuweilen warf sie ihrem Bräutigam einen bittenden Blick zu, als flehe sie ihn an, sie an die See hinunter zu tragen; der aber war so in den Gottesdienst vertieft, wie er da in Flods weiten roßledernen Stiefeln stand, daß er die Ungeduldige nur mit bösen Blicken strafte.

Die andern dagegen waren achteraus gesackt und unter die Orgelempore gekommen; dort war es kühl und man hatte etwas Schatten. Dort entdeckte Gustav auch die Feuerspritze, ließ sich darauf nieder und nahm Clara auf den Schoß.

Rundqvist lehnte sich an einen Pfeiler und Norman stand neben ihm, als die Predigt begann.

Es waren »Worte und keine Lieder«, scharfe Worte, und sie dauerten sechs Viertelstunden. Der Text handelte von den klugen und törichten Jungfrauen; da keiner von den Mannsleuten den auf sich bezog, schlief die ganze Gesellschaft; schlief sitzend, hängend, stehend.

Als eine halbe Stunde vergangen war, stieß Norman Rundqvist, der sich die Stirn mit der Hand hielt, als sei ihm nicht wohl, in die Rippen und zeigte mit dem Daumen nach Clara und Gustav auf der Feuerspritze. Rundqvist drehte sich behutsam zur Seite, sperrte die Augen auf, als sehe er den Bösen selber; schüttelte den Kopf und lächelte, als habe er verstanden. Clara hatte nämlich die Augen geschlossen und ließ die Zunge hängen, als schliefe sie in schmerzlichen Träumen; Gustav aber starrte unverwandt Pastor Nordström an, als wolle er jedes Wort aufessen und strenge sich an, das Stundenglas rinnen zu hören.

– Aber die sind ja toll, flüsterte Rundqvist, ging langsam und vorsichtig rückwärts, behutsam mit den Fersen tappend, um nicht heftig gegen die Ziegelsteine zu stoßen.

Norman aber hatte Rundqvists Gedanken schon gelesen: schnell wie ein Aal war er zum Kirchhof hinaus geschlüpft. Dorthin folgte Rundqvist ihm bald. Beide eilten dann zusammen nach dem Boot hinunter.

Draußen wehte ein kühler Seewind, und die hastig eingenommenen Erfrischungen setzten ihre Kräfte bald wieder in Stand. Leise, wie sie gekommen, kehrten sie wieder in die Kirche zurück.

Dort war Clara in des schlafenden Gustavs Armen entschlummert; die umfaßten sie aber so hoch oben, daß Rundqvist sie etwas hinunterschieben zu müssen glaubte. Dabei erwachte Gustav jedoch und umfaßte seinen Raub von neuem, als habe jemand ihm das Mädchen nehmen wollen.

Eine halbe Stunde dauerte noch die Predigt; und dann ging noch eine halbe darauf mit dem Kirchenliede, ehe das Abendmahl begann.

Unter starker Erregung wurden die Gnadenmittel genommen. Rundqvist weinte.

Als die feierliche Handlung zu Ende war, wollte sich Frau Flod in einen Kirchenstuhl drängen. Dabei wäre es beinahe zu einem Streit gekommen, und sie wurde aus dem Stuhl wieder hinausgewiesen. So brachte sie die letzte halbe Stunde hinter dem Stuhl des Kirchenvorstehers zu, auf den Hacken stehend, als verbrennten die Ziegelsteine ihr die Sohlen. Wie der Pastor das Aufgebot vorlas, wurde sie ganz wild, weil die Leute sie ansahen.

Endlich war alles aus, und man stürzte nach dem Boot hinunter. Frau Flod konnte nicht mehr warten, sondern zog, sobald sie die Glückwünsche vor der Kirche empfangen, ihre Schuhe aus und trug sie hinunter zum Boot. Dort steckte sie die Füße ins Wasser und schalt Carlsson aus.

Dann machte man sich über den Mundvorrat her. Als man entdeckte, daß die Pfannkuchen fehlten, wurde Lärm geschlagen. Rundqvist hielt es für wahrscheinlich, daß sie vergessen waren; Norman meinte, jemand habe sie auf dem Hinweg aufgezehrt; dabei warf er einen argwöhnischen Blick auf Carlsson.

Schließlich stieg man ins Boot. Da aber erinnerte sich Carlsson, daß er ein Faß Teer aus dem Kirchenschuppen abzuholen habe. Das gab einen Sturm. Die Frauen schrien, sie wollten keinen

Teer im Boot haben; um keinen Preis, da sie neue Kleider anhätten. Doch Carlsson holte die Teertonne und verstaute sie.

Da entstand wieder ein Leben über die Frage, wer neben dem gefährlichen Gefäß sitzen sollte.

– Worauf soll man denn sitzen? jammerte Frau Flod.

– Nimm die Röcke hoch und setz dich auf den Hintern, antwortete Carlsson, der sich jetzt, nachdem er aufgeboten war, sehr viel mehr zu Hause fühlte.

– Was sagst du? zischte die Alte.

– Ja, das sage ich: setz dich ins Boot, damit wir fortkommen!

– Wer hat den Befehl auf See, möchte ich wissen? fiel Gustav ein, der fand, daß man seiner Ehre zu nahe trat.

Und Gustav setzte sich ans Steuer, ließ aufhissen und nahm die Schot in die Hand.

Das Boot war tief beladen, der Wind war äußerst schwach, die Sonne brannte heiß und die Köpfe befanden sich in Gärung. Das Boot kroch dahin »wie eine Laus auf geteerter Birkenrinde«, und es half nicht, daß die Mannsleute einen Segelschnaps nahmen.

Die Geduld verging ihnen bald und das Schweigen, das eine Weile geherrscht hatte, wurde von Carlsson unterbrochen, der die Segel reffen und rudern wollte. Das wollte Gustav aber nicht:

– Wartet nur! Sobald man aus den Kobben heraus ist, kann man schon segeln, meinte er.

Und man wartete. Schon war draußen im Gatt zwischen den Inseln ein dunkelblauer Streifen zu sehen, und man hörte die See gegen die äußeren Schären branden. Ein starker östlicher Wind war im Anzuge, und Leben kam in die Segel. Gerade als man um eine Landzunge bog, kam solcher Wind, daß sich das Boot legte, wieder hoch hob und dahin schoß, daß es hinter ihm gurgelte.

Jetzt mußte die ganze Gesellschaft einen Schnaps nehmen. Alle lebten auf, als das Boot guten Gang machte.

Dann aber frischte der Wind auf; das Boot lag leewärts unter Wasser, wurde aber vom Wind durchgedrückt.

Carlsson ward bange, hielt sich an den Tauen fest und bat, man solle reffen und zu den Riemen greifen.

Gustav antwortete nicht, sondern holte die Schot an, daß Wasser ins Boot kam.

Da erhob sich Carlsson, wurde wild und wollte ein Ruder auslegen. Aber die Alte packte ihn beim Rock und zog ihn nieder.

– Sitz still im Boot, Mensch, in Jesu Namen! schrie sie.

Carlsson setzte sich wieder, aber sein Gesicht war weiß. Aber er saß nicht lange, als er auffuhr und, ganz außer sich, den Rockschoß aufhob.

– Alle Wetter, leckt der Racker! heulte er und schlug mit dem Rockschoß.

– Was leckt? fragten alle auf einmal.

– Das Teerfaß!

– Herr Jesus! riefen alle und rückten von dem Teerfluß fort, der allen Bewegungen des Bootes folgte.

– Sitzt still im Boot, brüllte Gustav; sonst segle ich euch um!

Carlsson hatte sich wieder erhoben, gerade als eine Brise kam. Rundqvist sah die Gefahr, erhob sich vorsichtig im Sitz und gab ihm eine Maulschelle, daß er niederstürzte.

Eine Schlägerei stand bevor. Frau Flod geriet außer sich und schritt ein. Sie ergriff ihren Liebsten am Rockkragen und schüttelte ihn.

– Was ist das für ein Tropf, der noch nicht gesegelt hat? Weißt du nicht, daß man im Boot still sitzen muß?

Carlsson wurde böse, riß sich los, verlor aber ein Stück vom Rockkragen.

– Reißt du meine Kleider kaputt, Weibstück! schrie er und setzte die Stiefel auf die Bootsseite, um sie vorm Teer zu schützen.

– Was sagst du? flammte die Alte auf. Deine Kleider? Von wem hast du denn den Rock? Weibstück für solch einen Laichhering, der nichts hat ...

– Schweig, brüllte Carlsson, in seinem empfindlichsten Punkt getroffen; sonst antworte ich!

– Antworte nur; ich werde schon zurückgeben, meinte Frau Flod.

– Ja, ich könnte sagen: mancher hobelt schlecht auf trockenem Brett, der gut ist auf frischem.

Gustav fand, nun ging es zu weit, und stimmte einen Schottischen an; in den fielen Norman und Rundqvist ein. Das giftige Gespräch flaute ab, um auf den gemeinsamen Feind überzugehen, den Pastor Nordström, der sie fünf Stunden hatte stehen und achtzehn Strophen hatte singen lassen.

Die Flasche machte die Runde, der Wind wurde gleichmäßiger, die Gemüter beruhigten sich. Die beste Stimmung herrschte, als das Boot in die Bucht einfuhr und an der Brücke anlegte.

Die Vorbereitungen für die Hochzeit, die drei Tage dauern sollte, nahmen ihren Anfang. Man schlachtete ein Ferkel und eine Kuh; kaufte hundert Kannen Branntwein; legte den Strömling in Salz und Lorbeerblätter; scheuerte, backte, braute, kochte, briet, mahlte Kaffee.

Gustav ging während all dieser Zurüstungen mit einem geheimnisvollen Gesicht umher; ließ die Andern gewähren und äußerte keinerlei Ansicht.

Carlsson dagegen saß meist vor der Klappe des Sekretärs und rechnete; fuhr nach dem Badeorte Dalarö; ordnete alles, wie er es haben wollte.

Der Tag vor der Hochzeit war da. Zeitig am Morgen packte Gustav seine Tasche, nahm die Flinte und ging. Die Mutter erwachte und fragte, wohin er wolle. Gustav antwortete, er wolle hinausfahren, um nachzusehen, ob der Badefisch schon gekommen. Damit drückte er sich.

Sein Boot hatte er mit Mundvorrat für mehrere Tage versehen; auch nahm er eine Bettdecke, einen Kaffeekessel und andere Sachen mit, die für einen Aufenthalt auf den Schären nötig waren.

Unten am Strand setzte er sofort Segel. Statt aber in die Buchten einzubiegen, um nachzusehen, ob der Kühlung auf die warmen sandigen seichten Ufer zum »baden« hinauf gezogen sei, hielt er geradewegs zwischen die Kobben hindurch.

Der Morgen war jetzt Ende Juli blendend klar, der Himmel blauweiß wie abgerahmte Milch; Inseln, Holme, Schären, Kobben, Riffe lagen so weich und schmelzend im Wasser, daß man nicht sagen konnte, ob sie der Erde oder dem Himmel angehörten. Ins Land hinein standen Fichten und Erlen, und auf den Landzungen lagen Sägergänse, Trauerenten, Taucher, Möwen. Nach dem offenen Meer zu waren nur Meerkiefern zu sehen, und Teiste, Alke, schwarze, papageiähnliche, schwärmten frech um das Boot, um den Jäger von den in den Bergschluchten versteckten Nestern abzuleiten.

Schließlich wurden die Schären niedriger, nackter; und hier draußen war nur eine vereinzelte Kiefer übrig gelassen, um den Nistkasten zu tragen, in dem man Eider und Sägergänse ihre Eier legen ließ; oder eine Eberesche, über deren Krone eine Wolke von Mücken sich im Winde schaukelte. Dahinter lag das offene Meer. Dort hielt die Raubmöwe ihre Jagd, in Fehde mit Seeschwalben, Möwen und Blaumänteln. Dorthin lenkte der Meeradler seinen schweren Flug, um vielleicht eine liegende Eiderente zu packen.

Dorthin, nach der letzten Schäre, steuerte jetzt Gustav, an der Ruderpinne liegend, die Pfeife im Munde. Von einer lauen südlichen Brise ließ er sich schleppen; gegen neun ging er auf der Schäre Norsten an Land.

Es war eine felsige Insel, einige Morgen groß, mit einer Talmulde in der Mitte. Einige kahlköpfige Ebereschen standen zwischen den Steinen; auch wuchs der prachtvolle Spindelbaum mit seinen feuerroten Beeren in den Klüften; und die Talmulde war mit einer dichten Matte aus Heidekraut, Krähenbeere, Multebeere bedeckt; die letzten hatten angefangen, gelb zu werden. Vereinzelte Wachholderbüsche lagen wie platt getreten an den Felsen und schienen sich mit den Nägeln festzuhalten, um nicht fortgeweht zu werden.

Hier war Gustav zu Hause; kannte jeden Stein; wußte, welchen Wachholderbusch er heben mußte, um die brütende Eider zu finden, die sich den Rücken streicheln ließ und ihn ins Hosenbein biß. Er steckte seine Gabelstange in einen Bergspalt und zog die Alke heraus, um ihnen den Hals umzudrehen, da er sie zum Frühstück haben wollte.

Hier draußen fischten die Hemsöer ihre Strömlinge. Hier hatten sie zusammen mit einer andern Fischergesellschaft einen Schuppen gebaut, in dem sie Nachtherberge zu nehmen pflegten. Dorthin lenkte auch Gustav seine Schritte, nahm den Schlüssel von seinem gewöhnlichen Ort unterm Dachbart und trug seine Gerätschaften hinein. Der Schuppen bestand nur aus einem Raum ohne Fenster, hatte aber Bettkojen, die fachförmig übereinander aufgeschlagen waren; einen Herd, einen Tisch, einen Dreifuß zum Sitzen.

Nachdem er seine Sachen verstaut hatte, kletterte er nach dem Dach hinauf, um die Schornsteinluke zu öffnen. Als er wieder herunter kam, holte er die Streichhölzchen von ihrem Platze unter einem Balken und machte Feuer im Herd; dort hatte der letzte Besucher, nach altem Brauch, einen Arm voll Brennholz für seinen Nachfolger zurecht gelegt. Dann setzte er den Kartoffelkessel auf und legte einige gesalzene Fische über die Kartoffeln. Während er wartete, rauchte er eine Pfeife.

Als er gegessen und getrunken hatte, nahm er die Flinte und ging zum Boot hinunter, wo er die Lockvögel hatte. Ruderte die hinaus und verankerte sie vor einer Landzunge. Kroch dann in die Schießkoje, die aus Steinen und Reisig gebaut war.

Die Lockvögel schaukelten auf den langen Wellen, die hereinbrachen, aber keine Eider fielen ein. Das Warten wurde ihm lang, und er ermüdete. Trieb sich auf den Sandsteinen umher, um eine Otter aufzuscheuchen; sah aber nur schwarze Nattern und Wespennester zwischen glänzendem Weiderich und vertrocknetem Sandhafer.

Es schien ihm aber auch nichts daran zu liegen, etwas zu bekommen; er trieb sich mehr herum, um sich herumzutreiben; um nicht daheim sein zu müssen; es machte ihm Vergnügen, sich hier draußen herumzutreiben, wo niemand ihn sah, niemand ihn hörte.

Nach dem Mittagessen legte er sich in den Schuppen nieder und schlief.

Zur Vesperzeit ruderte er mit der Dorschleine hinaus, um sein Glück auf diese Art zu versuchen. Die See lag jetzt blickstill, und er sah, wie sich das Land gleich dünnem Rauch in der goldenen Straße der sinkenden Sonne streckte. Es war still um ihn wie in einer windstillen Nacht, und er hörte das Dunken der Ruderdollen meilenweit. Die Seehunde badeten in gehöriger Entfernung, steckten ihre Schwachköpfe aus dem Wasser, blökten, pusteten und tauchten wieder unter.

Der Dorsch biß wirklich; es gelang Gustav einige Weißbäuche heraufzuholen, die mit ihrem großen aber ungefährlichen Schlund nach Wasser schnappten und mit ihren Augen in die Sonne blinzelten, als sie aus ihrer dunkeln Tiefe hervorgeholt wurden und über die Reling ins Boot sprangen.

Gustav hatte auf der nördlichen Seite der Schäre gehalten; als es aber schnell Abend wurde und er wendete, um zurückzufahren, merkte er erst, daß der Schornstein des Schuppens rauchte. Sich fragend, wer das sein könne, machte er, daß er so schnell wie möglich hin kam.

– Bist du's? hörte er von innen und erkannte die Stimme des Pastors.

– Nein, Sie sind's, Herr Pastor, rief Gustav erstaunt, als er den Geistlichen am Herdfeuer sitzen und Heringe braten sah. Sind Sie allein draußen?

– Ich bin herausgefahren, um Dorsch zu fischen; ich habe auf der Südseite gesessen, deshalb habe ich dich nicht gesehen. Aber warum bist du nicht zu Hause und hilfst die Hochzeit rüsten?

– Ich werde die Hochzeit nicht mitmachen, meinte Gustav.

– Ach Geschwätz, warum solltest du sie nicht mitmachen?

Gustav erklärte, so gut er konnte, seine Gründe; aus denen ging hervor: er wollte erstens ein Fest nicht mitmachen, das ihn anwiderte; zweitens wollte er den brandmarken, der sein Gegner war.

– Aber deine Mutter? wandte der Pastor ein; ist es nicht schade um sie, so bloßgestellt zu werden?

– Das kann ich nicht finden, antwortete Gustav. Es ist eher schade um mich: ich kriege diesen Knoten zum Stiefvater und kann den Hof nicht erben, solange er darauf sitzt.

– Ja, mein Junge, das ist jetzt nicht mehr zu ändern; vielleicht aber kann man später ein Mal etwas dabei machen. Jetzt mußt du morgen ganz früh dein Boot nehmen und heimsegeln. Die Hochzeit mußt du jedenfalls mitmachen!

– Daraus wird nichts, da ich's mir einmal in den Kopf gesetzt habe, versicherte Gustav.

Der Pastor ließ den Stoff fallen und fing an, auf dem Herdstein seinen Hering zu essen.

– Du hast wohl keinen Schnaps bei dir? begann er von neuem. Siehst du, meine Alte schließt alles Starke ein, und ich kriege so früh nichts.

Gustav hatte Branntwein. Der Pastor nahm sich einen gehörigen Schluck. Darauf wurde er gesprächig und schwatzte alles mögliche über die Angelegenheiten des Kirchspiels, sowohl die äußeren wie die innern.

Auf den Steinen vorm Schuppen sitzend, sahen sie die Sonne untergehen und die Dämmerung sich wie ein melonenfarbiger Nebel über Kobben und Wasser legen. Die Möwen gingen auf der Tangbank zur Ruhe, und die Krähen zogen nach den innern Schären, um in den Wäldern Nachtquartier zu suchen.

Es ward Zeit, zu Bett zu gehen. Erst aber mußten die Mücken aus dem Schuppen verjagt werden. Zu diesem Zweck wurde die Tür geschlossen und der Raum mit »Schwarzem Anker« vollgeraucht; darauf wurde die Tür wieder geöffnet und die Jagd mit Ebereschenzweigen unternommen.

Die beiden Fischer warfen die Röcke ab und kletterten in ihre Kojen.

– Jetzt mußt du mir noch einen Flohschluck geben, bettelte der Pastor, der schon sein gehöriges Teil erhalten hatte.

Auf dem Bettrand gab Gustav ihm die letzte Ölung. Dann wollte man schlafen.

Es war dunkel im Schuppen; nur der eine und der andere Streifen Tageslicht brach durch die undichten Wände. Doch in der schlechten Beleuchtung fanden einzelne Mücken ihren Weg zu den Schläfrigen, die sich in ihren Kojen wanden und warfen, um den Quälgeistern zu entgehen.

– Nein, das ist doch toll! stöhnte schließlich der Pastor. Schläfst du, Gustav?

– Bewahre! Heute Nacht wird wohl nichts aus dem Schlafen werden. Aber womit soll man sich die Zeit vertreiben?

– Wir müssen wohl aufstehen und wieder Feuer anzünden; einen andern Rat weiß ich nicht. Wenn wir nur ein Spiel Karten hätten, könnten wir eine Mariage machen. Du hast wohl keins?

– Nein, ich nicht, aber ich glaube zu wissen, wo die Qvarnöer ihres haben, antwortete Gustav, kletterte aus dem Bett, kroch unter die letzte Koje und kam wieder heraus mit einem Spiel Karten, das etwas abgegriffen war.

Der Pastor hatte Feuer geschlagen, legte Wachholderreisig auf den Herd und steckte einen Lichtstumpf an. Gustav setzte den Kaffeekessel auf und zog eine Strömlingstrommel herbei; die wurde zwischen die Knie gestellt und diente als Spieltisch. Man steckte die Stummelpfeifen an. Bald tanzten die Karten.

Die Stunden vergingen.

– Drei frische, passe, Trumpf, war zu hören; dazwischen ein Fluch, wenn eine Mücke unversehens ihren Schröpfkopf auf Nacken und Knöchel der Spieler ansetzte.

– Hör mal, Gustav, unterbrach der Pastor, der seine Gedanken anderswo als bei Karten und Mücken gehabt zu haben schien, schließlich das Spiel, könntest du ihm nicht einen Streich spielen, ohne gerade der Hochzeit fern zu bleiben? Es sieht ja feig aus, wenn du diesem Knoten aus dem Weg gehst! Willst du ihn ärgern, so weiß ich bessern Rat.

– Wie sollte ich das anfangen? fragte Gustav, dem es allerdings leid tat, um die Bewirtung zu kommen, die noch dazu von seinem väterlichen Erbe genommen wurde.

– Komm am Nachmittage, unmittelbar nach der Trauung, heim; sag, du seist auf der See aufgehalten worden. Das ist genug Schikane. Dann nehmen wir beide zusammen uns den

Carlsson vor und machen ihn betrunken, damit er nicht ins Brautbett kommt; auch sorgen wir dafür, daß die Burschen ihren Spaß mit ihm treiben. Ist das vielleicht nicht genug?

Gustav schien nicht abgeneigt zu sein. Der Gedanke, drei Tage allein auf der Schäre zu hausen, um nachts von den Mücken aufgefressen zu werden, machte ihn weich; zumal er sich wirklich danach sehnte, all die Herrlichkeiten, die er hatte zubereiten sehen, auch sich schmecken zu lassen.

Der Pastor entwarf also den Plan, wie das Abenteuer auszuführen sei, und Gustav erklärte sich bereit, bei der Ausführung mitzuwirken.

Mit sich selbst und einander zufrieden, krochen sie schließlich in ihre Kojen, als schon das Tageslicht durch die Türspalten drang und die Mücken ihres nächtlichen Tanzes müde geworden waren.

Carlsson hatte am selben Abend von heimkehrenden Strömlingsfischern gehört, daß man sowohl Gustav wie den Pastor nach der Schäre Norsten habe steuern sehen. Er zog daraus den richtigen Schluß, es sei eine Teufelei im Werke. Gegen den Pastor hegte er einen heftigen Groll, erstens, weil der die Hochzeit sechs Monate verschoben hatte; zweitens, weil der Pastor ihm eine nie ermüdende Geringschätzung zeigte. Carlsson hatte vor ihm gekrochen, sich an ihm gerieben, ihn geschmiert, aber ohne Erfolg. Waren sie im selben Zimmer, drehte ihm der Pastor immer seinen breiten Rücken zu; hörte nie auf das, was er sagte; erzählte immer Geschichten, die sich sehr wohl auf den vorliegenden Fall anwenden ließen.

Statt nun abzuwarten, wie der Pastor und Gustav ihren Anschlag gegen ihn ausführen würden, entwarf Carlsson einen Plan, wie er ihnen begegnen könne. Der Seesoldat der Küste befand sich zufällig auf Urlaub und war augenblicklich als Mundschenk und Handlanger auf Hemsö angestellt; dort war seine Gewandtheit als Leiter bei Tänzen und dergleichen wohl bekannt und geschätzt. Carlsson hatte richtig gerechnet, wenn er glaubte, der Seesoldat werde mitwirken, um dem Pastor einen Streich zu spielen; Rapp, so hieß der Bootsmann, war nämlich vom Pastor nicht konfirmiert worden, weil er Mädchen nachgestellt hatte; dieser Verlust eines Jahres hatte ihm Schwierigkeiten bei der Marine gemacht.

Die beiden Pfaffenhasser spannen also bei einer Kaffeehalben ihren Plan. Der Streich, den sie dem Pastor spielen wollten, lief auf nichts Geringeres hinaus, als ihn betrunken zu machen; was dann weiter zu tun war, würden die Umstände schon ergeben.

Die Minen waren also von beiden Seiten gelegt; und der Zufall mußte entscheiden, welche die wirksamere war.

Der Hochzeitstag brach an.

Alle erwachten müde und schlechter Laune, infolge der vielen Vorbereitungen.

Als die ersten Gäste zu früh anlangten, da die Wasserverbindungen niemals pünktlich sein können, empfing sie niemand; verdutzt strichen die Gäste um die Häuser, als seien sie zum Schmarotzen gekommen.

Die Braut war noch nicht angezogen. Der Bräutigam eilte in Hemdsärmeln umher, um Gläser abzutrocknen, Flaschen aufzuziehen, Lichter in die Leuchter zu stecken.

Die Stuga war gescheuert und belaubt; alle Möbel waren hinaus getragen und hinter einer Ecke aufgestellt worden, daß es aussah, als sei Auktion. Auf dem Hofe war eine Flaggenstange errichtet; auf der hatte man die Zollflagge gehißt, die man für die Feier vom Zollaufseher geliehen. Über der Haustür hingen Kranz und Krone aus Preißelbeerreis und Gänseblumen; zu beiden Seiten standen Birkenbüsche.

In den Fenstern waren Flaschen aufgereiht, deren Schilder in den stärksten Farben leuchteten; wie in einem Branntweinladen: Carlsson liebte starke Effekte. Der goldgelbe Punsch schien wie Sonnenstrahlen durch das seifengrüne Glas; der Purpur des Kognaks leuchtete wie Kohlenfeuer; die silberähnlichen Zinnkapseln, welche die Korke bedeckten, funkelten wie blanke Geldstücke.

Einige der Kühnsten unter den jungen Bauern traten näher und gafften, als ständen sie vor einem Ladenfenster; sie fühlten den Vorgeschmack eines angenehmen Kratzens im Schlunde.

Auf jeder Seite der Tür lag ein Faß von sechzig Kannen; wie grobe Mörser bewachten sie den Eingang. Das eine enthielt Branntwein, das andere Dünnbier. Hinter ihnen lagen in Haufen, Kugelpyramiden gleich, zweihundert Bierflaschen.

Der Anblick war prachtvoll und kriegerisch, und Bootsmann Rapp ging umher wie ein Gefreiter, den Korkzieher am Bauchriemen, das Kriegsgerät ordnend, das unter seinem Befehl stand. Er hatte die Fässer mit Fichtenreisern verziert, sie angestochen und mit Metallhähnen versehen; er schwang seinen Spundhammer wie einen Kanonenwischer und klopfte dann und wann an die Gefäße, um hören zu lassen, daß sich etwas in ihnen befand.

In Paradeuniform mit blauer Jacke und umgeschlagenem Kragen, weißen Hosen und Glanzlederhut, jedoch der Sicherheit halber ohne Seitengewehr, flößte er den Bauernburschen großen Respekt ein. Außer seiner Befassung als Mundschenk hatte er den Auftrag, Ordnung zu halten, Unfug zu verhüten, bei Bedarf hinauszuwerfen, bei Schlägereien einzuschreiten. Die reichen Burschen taten so, als verachteten sie ihn; das war aber nur Neid; sie hätten so gern die Uniform angezogen und der Krone gedient, wenn sie nicht das Tauende und die launischen Kanoniere gefürchtet hätten.

In der Küche standen zwei Kochtöpfe für den Kaffee auf dem Herde, und zusammen geliehene Mühlen krachten und knirschten. Zuckerhüte wurden mit dem Beil zerschlagen und Kaffeekuchen war in den Fenstern aufgeschichtet. Die Mägde liefen hin und her zwischen Küche und Vorratsschuppen, der mit Gekochtem und Gebratenem aller Art und mit Säcken voll frischgebackenem Brot behängt war.

Zuweilen steckte die Braut, mit losem Haar und in Hemdsärmeln, den Kopf durchs Kammerfenster und rief, bald nach Lotte, bald nach Clara.

Segel auf Segel bog in die Bucht ein, fuhr geschickt um den Brückenkopf und legte unter Flintenschüssen an. Aber die Leute wagten sich noch nicht in die Stuga hinauf, sondern strichen in Scharen um den Hof.

Ein glücklicher Zufall hatte es gefügt, daß des Professors Frau und Kinder landeinwärts zu einem Geburtstage hatten reisen müssen, und nur der Professor zu Hause war. Der hatte daher freundlich die Einladung angenommen, gab auch seinen großen Saal für die feierliche Handlung her und seinen Rasen unter den Eichen für Kaffeetrinken und Abendschmaus. Da waren lange Bretter auf Böcke und Fässer gelegt, um Tische und Bänke zu bilden; die Tische waren bereits mit Decken versehen und mit Kaffeetassen gedeckt.

Auf der Höhe vor der Stuga bildeten sich jetzt kleine Gruppen. Rundqvist, Seehundstran im Haar, frisch rasiert, in schwarzer Jacke, hatte sich selber die Aufgabe gestellt, die Gäste durch spöttische Anmerkungen zu erheitern.

Norman hatte den Auftrag erhalten, zusammen mit Rapp den Ehrengruß zu donnern, hauptsächlich mit Dynamitpatronen; er hielt sich hinter der Hausecke und übte sich in kleinerem Maßstabe mit einem Terzerol. Dafür hatte er aber seine Harmonika hergeben müssen; die war heute in Acht und Bann getan, weil man den besten Geigenspieler der Gegend, den Schneider aus Fifong, berufen hatte; und dieser Herr war sehr empfindlich, wenn man in seine Kunst griff.

Dann kam der Pastor. Er war in scherzhafter Hochzeitslaune, bereit, mit dem Brautpaar zu spaßen, wie der Brauch es forderte. Er wurde von Carlsson auf der Schwelle empfangen und willkommen geheißen.

– Nun, müssen wir auch gleich taufen? grüßte Pastor Nordström.

– Nein, potztausend, so eilig ist's denn doch nicht! antwortete der Bräutigam, ohne verlegen zu werden.

– Bist du deiner Sache auch sicher? fragte der Pastor, während die Bauern grinsten. Ich habe schon ein Mal auf einer Hochzeit getraut und getauft, aber das waren auch flinke Leute, die sich es leisten konnten. Im Ernst, wie steht's mit der Braut?

– Hm, dieses Mal ist keine Gefahr; aber man kann nie wissen, wann es los geht, antwortete Carlsson, indem er dem Pastor seinen Platz anwies, zwischen der Mutter des Kirchenvorstehers und der Witwe von Owassa, die der Pastor mit Fischerei und Wetter unterhielt.

Der Professor kam, in Frack und weißer Binde, mit schwarzem hohen Hut. Der Pastor nahm ihn sofort als ebenbürtige Standesperson in Anspruch und fing ein Gespräch an, das die Frauen mit gespannten Augen und Ohren belauschten; sie waren nämlich davon überzeugt, der Professor sei ein grundgelehrter Mann.

Aber Carlsson kam und verkündete, alles sei bereit; man suche nur Gustav noch, um anfangen zu können.

– Wo ist Gustav? rief man jetzt auf dem Hof und wiederholte es bis zur Scheune.

Niemand antwortete. Keiner hatte ihn gesehen.

– Oh, ich weiß es wohl, wo er ist, erklärte Carlsson.

– Wo kann er denn sein? höhnte Pastor Nordström so, daß Carlsson es merkte.

– Man hat ihn draußen auf Norsten gesehen, hat ein Vogel gezwitschert; und ein Fuchs war mit ihm, der ihn zum trinken verführte!

– Wenn er in schlechte Gesellschaft geraten ist, hat es keinen Zweck, auf ihn zu warten, meinte der Pastor. Es ist jedenfalls unrecht von ihm, sich nicht zu Hause zu halten, wo er so gute Vorbilder und so treue Freunde hat. Aber was sagt die Braut? Sollen wir anfangen oder sollen wir warten?

Die Braut ward gehört. Ob sie gleich recht traurig war, wollte sie doch, daß man anfange, weil sonst der Kaffee kalt werde.

So begann man aufzubrechen, während hinten auf den Bergfelsen der Dynamit donnerte. Der Spielmann harzte und schraubte, der Pastor zog den Talar an, die Brautdiener gingen voran. Der Pastor führte die Braut. Die war in schwarze Seide gekleidet, trug den weißen Schleier mit dem Myrtenkranz und war sehr geschnürt; was verborgen werden sollte, wurde um so sichtbarer.

So zog man in den Saal des Professors hinauf, während die Geige knirschte und die Schüsse knallten.

Die Braut warf noch im letzten Augenblick unruhige Blicke um sich, um nach dem verlorenen Sohn zu spähen; als sie zur Tür hinein sollte, mußte der Pastor sie schleppen, während sie die Augen hinten hatte.

Sobald sie in den Saal kamen, stellten sich die Gäste rings an den Wänden auf, als bildeten sie die Wache für eine Hinrichtung. Das Brautpaar nahm vor zwei umgekehrten Stühlen Platz, die mit einem brüsseler Teppich bedeckt waren.

Der Pastor hatte das Buch genommen, befühlte seinen Kragen und wollte sich gerade räuspern, als die Braut ihre Hand auf seinen Arm legte.

– Nur noch einen Augenblick, dann kommt Gustav wohl!

Es wurde fast ganz still im Zimmer; man hörte nur das Knarren von Stiefeln und das Knittern gestärkter Hemden; nach einigen Augenblicken hörte das auf, man sah einander an, wurde verlegen, hustete; dann ward es wieder still. Schließlich sagte der Pastor, an dem aller Blicke hingen:

– Jetzt beginnen wir; länger können wir nicht warten! Ist er noch nicht gekommen, so kommt er auch nicht.

Dann begann er:

– Teure Christen, die Ehe ist von Gott selbst gestiftet ...

Eine gute Weile war vergangen, die älteren Frauen rochen an ihrem Lavendel und weinten, als plötzlich ein Knall vom Hofe zu hören war und das Geklirr von Glasscherben. Man horchte einen Augenblick auf, ließ sich aber nicht weiter stören; nur Carlsson rührte sich etwas unruhig und schielte zum Fenster hinaus. Bald aber kam ein neues puff! puff! puff!, als entkorke man Champagnerflaschen; die Jungen, die an der Tür standen, fingen an zu kichern.

Als sich die Unruhe wieder legte, fragte der Pastor den Bräutigam:

– Vor Gott dem Allwissenden und in Gegenwart dieser Gemeinde frage ich dich, Johannes Eduard Carlsson, ob du diese Anna Eva Flod zur Ehefrau haben und sie in Lust und Leid lieben willst?

An Stelle der Antwort schmetterte eine neue Salve Flaschenkörke, Glasscherben klirrten und der Hund begann ganz toll zu bellen.

– Wer zieht denn da draußen Flaschen auf und stört den heiligen Akt? brüllte Pastor Nordström wütend.

– Danach wollte ich gerade fragen, platzte Carlsson heraus, der seine Neugier und Unruhe nicht länger zurückhalten konnte. Macht Rapp diesen Spektakel?

– Was soll ich machen, rief Rapp, der in der Tür stand und sich von der Zumutung verletzt fühlte.

Puff! puff! puff! knallte es unaufhörlich.

– Geht doch um Himmels willen hinaus und seht nach, was los ist, damit nicht noch ein Unglück geschieht, schrie der Pastor; nachher fahren wir fort.

Einige Hochzeitsgäste stürzten hinaus, andere drängten sich an die Fenster.

– Das ist das Bier! schrie jemand.

– Das Bier, das Bier platzt! wiederholte der Professor.

– Wie kann man aber auch das Bier in die Sonne legen!

Wie Kugelspritzen lagen die Bierflaschen in ihren Haufen und knallten und brausten, daß der Schaum auf die Erde rann.

Die Braut war über die unerwartete Unterbrechung der heiligen Handlung erregt; das bedeutete nichts Gutes! Der Bräutigam wurde gescholten, weil er seine Anordnung schlecht getroffen hatte; beinahe wäre er in eine Schlägerei mit dem Bootsmann gekommen, auf den er die Schuld schieben wollte. Der Pastor war zornig, daß die heilige Handlung von den Flaschen gestört worden. Draußen aber standen die Jungen und tranken die Reste aus den Flaschenböden; während ihrer Rettungsarbeit bargen sie auch einige halbvolle Flaschen, aus denen nur die Korke heraus gesprungen waren.

Als sich schließlich der Sturm gelegt hatte, versammelte man sich von neuem im Saal, allerdings nicht mehr so andächtig wie vorher. Nachdem der Pastor die Frage an den Bräutigam wiederholt hatte, wurde die heilige Handlung zu Ende geführt, ohne daß sie von etwas Anderm unterbrochen wurde als dem Kichern, das die Jungen im Flur nicht zu unterdrücken vermochten.

Die Glückwünsche regneten auf die Neuvermählten nieder; und so schnell man konnte, verließ man den Saal, der nach Schweiß, Tränen, feuchten Strümpfen, Lavendel und welken Blumensträußen roch.

Eilig ging's an den Kaffeetisch.

Carlsson nahm zwischen Professor und Pastor Platz; aber die Braut hatte nicht die Ruhe zum Sitzen, sondern mußte hierhin und dorthin eilen, um nach den Zurüstungen zu sehen.

Die Sonne schien glänzend an diesem Juliabend, und unter den Eichen plauderte und lachte man. Der Branntwein floß in die Kaffeetöpfe, als die zweite Tasse kam, in die man nicht mehr den Kuchen tauchte. Doch oben am Kopfende beim Bräutigam wurde Punsch geboten; weder Bauern noch Burschen sahen scheel darauf. Es war ein Getränk, das man sich nicht alle Tage leistete, und der Pastor ließ sich's aus seinem Kaffeetopf wohl bekommen.

Heute war er ungewöhnlich mild gegen Carlsson und trank ihm unaufhörlich zu, rühmte ihn und zeigte ihm die größte Aufmerksamkeit. Doch vergaß er den Professor nicht, dessen Bekanntschaft ihm mehr Vergnügen machte, weil er so selten einen gebildeten Mann traf. Aber es war nicht leicht, ihn im Gespräch zu finden, da Musik nicht die starke Seite des Pastors war und der Professor aus Höflichkeit das Gespräch auf das Gebiet des Pastors zu bringen suchte, dem dieser gerade entkommen wollte. Da man einander so schwer verstand, konnte der eine dem andern auch nicht näher kommen. Überhaupt sprach der Professor, der gewohnt war, seinen Gefühlen in Musik Luft zu machen, nicht viel.

– Sind viel Leute in der Kirche? fragte er.

– Oh nein, das kann man nicht sagen, nur wenn Abendmahl ist. Werden wir Sie nie bei uns sehen, Herr Professor? fragte der Pastor.

– Nein, ich nehme nie das Abendmahl; ich kann nicht.

– Können nicht! Warum nicht?

– Ich muß den Ablaß ausspeien! antwortete der Professor und machte ein saures Gesicht.

Pastor Nordström, der nicht verwöhnt war, fand, das war roh gesagt von einem so feinen Herrn; wandte sich von ihm ab und fuhr fort, dem Bräutigam zuzusetzen.

– Du bist Reiseprediger gewesen, Carlsson? warf er dem hin. Was hast du denn gepredigt?

– Gottes Wort, wie der Herr Pastor, grinste Carlsson.

– Na, das lasse ich mir gefallen, aber habt ihr gehört, Burschen – damit wandte er sich an die Männer – habt ihr von jenem Reiseprediger sprechen hören, der jetzt umherläuft und den Bauern zeigen will, wie man Kinder macht!

– Hahaha! lachten Männer und Burschen, während die Frauen sich abwandten und grinsten.

– Solch ein Teufel, dem Vater ins Handwerk zu fuschen!

– Aber, das kann doch nicht Ernst sein? fragte Rundqvist mit einer schurkisch unschuldigen Miene. Als wüßte man nicht, wie man auf der Tenne drischt, während man den Roggen draußen läßt.

Jetzt kam der Spielmann, dem es sehr schwer wurde, unbemerkt dazusitzen, zum Hochsitz hinauf; durch Kaffeehalbe in seinem Mut gestärkt, wollte er mit dem Professor über Musik sprechen.

– Bitte um Verzeihung, Herr Kammermusikus, grüßte er und knipste an seiner Geige; wir haben ja gewissermaßen etwas gemeinsam, denn ich spiele auch, wenn auch nur auf meine Art.

– Geh zur Hölle, Schneider! Sei nicht unverschämt! wies ihn Carlsson ab.

– Ich bitte um Verzeihung, aber Euch geht's nichts an, Carlsson! Versuchen Sie nur diese Geige, Herr Kammermusikus, und sagen Sie mir, ob die nicht gut ist; sie hat zehn Reichstaler gekostet.

Der Professor knippste die Quinte, lächelt und sagte freundlich:

– Recht gut!

– Wenn sich nur jemand darauf versteht, dann kann man ein wahres Wort hören! Aber über Kunst sprechen mit diesen – er wollte flüstern, aber die Stimmittel weigerten sich, zu nuancieren, und er schrie – Bauernlümmeln ...

– Gebt dem Schneider einen Tritt in den Hintern! schrie man im Chor.

– Hör mal, Schneider, du darfst dich nicht betrinken: dann können wir nicht tanzen!

– Rapp, du mußt auf den Spielmann achten, daß er nicht mehr trinkt!

– Bin ich nicht zum Trinken eingeladen? Bist du vielleicht geizig, du Preller?

– Setz dich, Friedrich, und sei ruhig, meinte der Pastor, sonst kriegst du Schläge.

Aber der Spielmann wollte unbedingt über seine Kunst schwatzen; um seine Behauptung, daß die Geige vortrefflich sei, zu bekräftigen, fing er an zu quinkelieren.

– Hören Sie nur, Herr Kammermusikus, diese Bässe; die klingen ganz wie eine kleine Orgel ...

– Der Schneider soll das Maul halten! ...

Um die Tische entstand Bewegung und der Rausch nahm zu.

Da schrie jemand:

– Gustav ist da!

– Wo? Wo?

Clara sagte, sie haben ihn unten beim Holzhaufen gesehen.

– Sag es mir, wenn er drinnen ist, bittet der Pastor; aber nicht früher, als bis er drinnen ist, hörst du!

Die Groggläser werden vorgesetzt, und Rapp zieht die Kognakflaschen auf.

– Das geht etwas hitzig, meinte der Pastor abwehrend.

Carlsson aber fand, es gehe, wie es gehen soll.

Rapp forderte alle heimlich auf, mit dem Pastor anzustoßen. Bald hatte der seinen ersten Grog geleert und mußte den zweiten bereiten.

Der Pastor beginnt mit den Augen zu rollen und kaut. Er betrachtet so genau, wie er kann, Carlssons Züge und sucht zu ergründen, ob der seine volle Ladung erhalten. Das Sehen aber fällt ihm schwer, darum beschränkt er sich darauf, mit ihm anzustoßen.

Da kommt Clara und ruft:

– Jetzt ist er drinnen, Herr Pastor! Jetzt ist er drinnen!

– Nein, was sagst du, zum Teufel, ist er schon drinnen!

Der Pastor hatte vergessen, um wen es sich handelte.

– Wer ist drinnen, Clara? widerhallte es im Chor.

– Gustav natürlich!

Der Pastor erhob sich, ging in die Stuga hinunter und holte Gustav. Scheu, verwirrt, kam der zu Tisch. Der Pastor ließ ihn mit einer Tasse Punsch und Hurrahrufen begrüßen.

Dann stieß Gustav mit Carlsson an und sagte ein kurzes:

– Glück auf!

Carlsson wurde gefühlvoll und trank bis auf den Grund aus; erklärte, es sei ihm ein großes Vergnügen, ihn zu sehen, wenn er auch spät komme; und er wisse von zweien, deren alten Herzen es wohl tue, ihn zu sehen, wenn er auch spät komme.

– Und glaube mir, schloß er, wer den alten Carlsson richtig zu nehmen versteht, der weiß auch, wo er ihn hat.

Hingerissen war Gustav nicht, aber er forderte Carlsson auf, ein Glas mit ihm zu trinken.

Die Dämmerung kam, die Mücken tanzten, die Leute schwatzten, Gläser klangen, Lachen schallten. Hier und dort in den Büschen waren bereits kleine Notschreie zu hören, unterbrochen von Kichern und Hurrahen, Hallohen und Schüssen, während der Himmel des lauen Sommerabends erblaßte. Draußen auf den Wiesen zirpte das Heimchen und snarpte die Wiesenknarre.

Die Tische wurden abgeräumt; es sollte zum Abendbrot gedeckt werden. Rapp hing farbige Laternen, die er vom Professor geliehen, in die Äste der Eiche. Norman trug Haufen von Tellern. Rundqvist lag auf den Knien und zapfte Dünnbier und Branntwein. Die Mädchen trugen Butter in Schobern herbei, Strömlinge in Diemen, Pfannkuchen in Stapeln, Fleischklöße in Hocken.

Als alles fertig war, klatschte der Bräutigam in die Hände:

– Bitte, nehmt ein Butterbrot! lud er ein.

– Aber wo ist der Pastor? sperrten sich die alten Frauen.

Ohne den Pastor wollte niemand anfangen.

– Und der Professor? Wo sind sie geblieben? Es geht wirklich nicht, daß man ohne sie anfängt!

Man rief und suchte, aber keine Antwort.

In Gruppen umstand man die Tische, wie hungrige Hunde mit funkelnden Augen, bereit, sich auf das Essen zu stürzen; aber keine Hand rührte sich und das Schweigen wurde bedrückend.

– Vielleicht sitzt der Pastor im Häuschen! ertönte Rundqvists unschuldige Stimme.

Ohne weiteren Aufschluß abzuwarten, ging Carlsson hinunter, um den geheimen Ort aufzusuchen. Ganz richtig, bei offener Tür saßen da Pastor und Professor, jeder seine Zeitung in der Hand, und waren in lebhaftem Meinungsaustausch begriffen. Die Laterne stand auf dem Boden und warf ein Rampenlicht auf die beiden Thronbesteiger, die Carlsson aus Achtung vor der Heiligkeit des Ortes nicht in ihrer natürlichen Ausübung einer zwingenden Pflicht stören wollte.

– Nein, lallte der Pastor, ein Mal in der Woche, siehst du, mein Bruder – er glaubte, sie hätten Brüderschaft getrunken – e i n Mal in der Woche, das ist mein Regime. Nicht mehr, und nicht weniger.

– Jaja, jaja, das ist sehr gut, aber ich ...

– Ein Mal in der Woche, sage ich, und nie mehr als einen Ritt! sagt Hufeland, und das ist mein Regime, siehst du, mein Bruder.

Das Gespräch drohte langwierig zu werden, und Carlsson mußte einschreiten.

– Entschuldigen Sie, meine Herren, aber die Butterbröte werden kalt!

– Bist du's, Carlsson? Achso! Fangt nur an; wir kommen sofort!

– Ja, aber alle Leute warten! Mit Respekt zu sagen: die Herren könnten sich wohl etwas beeilen!

– Kommen gleich, kommen gleich! Geh nur; geh nur!

Carlsson hatte mit Befriedigung zu bemerken geglaubt, daß der Pastor »gerührt« war; er entfernte sich und beeilte sich, die Gesellschaft mit der Erklärung zu beruhigen, der Pastor mache sich bereit und werde gleich kommen.

Einen Augenblick später irrte eine Laterne über den Hof und näherte sich den gedeckten Tischen; zwei schwankende Schatten folgten.

Das bleiche Gesicht des Pastors wurde bald am oberen Ende des Tisches sichtbar. Die Braut trat mit dem Brotkorb auf ihn zu, um dem peinlichen Warten ein Ende zu machen. Carlsson aber hatte etwas anderes im Sinn; indem er mit einem Messer an die Schüssel mit den Fleischklößen klopfte, schrie er mit lauter Stimme:

– Still, gute Leute, der Herr Pastor will einige Worte sagen!

Der Geistliche starrte Carlsson an, schien nicht zu verstehen, wo er zu Hause war; sah, daß er einen glänzenden Gegenstand in der Hand hatte; erinnerte sich, daß er bei seiner letzten Weihnachtsrede eine silberne Kanne in der Hand gehabt; hob die Laterne wie einen Pokal in die Höhe und sprach:

– Meine Freunde, wir haben heute ein frohes Fest zu feiern.

Er starrte Carlsson an, um etwas über Charakter und Zweck des Festes zu erfahren, denn er war bereits so vollständig abwesend, daß sich Jahreszeit, Ort, Ursache, Absicht verflüchtigt hatten. Aber Carlssons grinsendes Gesicht löste ihm das Rätsel nicht. Er starrte in die Luft, um irgend einen leitenden Faden zu entdecken; sah die farbigen Laternen in der Eiche und erhielt die schwankende Vorstellung von einem riesengroßen Weihnachtsbaum: da hatte er die Spur gefunden.

– Dieses frohe Fest des Lichtes, stieß er hervor, wenn die Sonne der Kälte weicht, und der Schnee – er sah das weiße Tischtuch sich wie ein großes Schneefeld unendlich weit ausbreiten – meine Freunde, wenn der erste Schnee sich wie eine Decke über den Schmutz des Herbstes legt ... nein, ich glaube, ihr treibt euern Scherz mit mir ...

Er wandte sich fort und machte einen krummen Rücken.

– Der Herr Pastor ist kalt geworden! sagte Carlsson; er will sich niederlegen! Bitte, fangt an, meine Herrschaften!

Man ließ sich das nicht zwei Male sagen, sondern stürzte auf die Schüsseln los, indem man den Pastor seinem Schicksal überließ.

Dem Pastor war die Bodenkammer des Professors zum Nachtquartier angewiesen worden; um zu zeigen, daß er nüchtern war, lehnte er alle Angebote von Hilfe ab, indem er mit Schlägen drohte. Die Laterne an den Knien, zusammengefallen, als suche er Nadeln in dem tauigen Grase, steuerte er auf ein Fenster zu, das erleuchtet war. Aber an der Gartentür strauchelte er und stieß so heftig gegen den Türpfosten, daß die Laterne zerbrach und erlosch. Wie ein Sack schloß sich die Dunkelheit um ihn und er sank auf seine Knie nieder; aber das Fenster mit dem Licht leuchtete ihm wie ein Leitfeuer. Beim Weitergehen verspürte er das unangenehme Gefühl, daß die Knie seiner schwarzen Hosen bei jedem Schritt feucht wurden, und seine eigenen Kniescheiben schmerzten, als schlügen sie gegen Steine.

Schließlich kriegt er etwas sehr Großes, Rundes und Feuchtes zu fassen; er tappt und sticht sich an einem Brief Stecknadeln oder dergleichen; steckt die Hand in eine Bootsdolle oder ähnliches; da hört er das Brausen von Wasser und fühlt, daß er naß wird. Von der Furcht, in die See gegangen zu sein, aufgescheucht, erhebt er sich am Mast und findet in einem lichten Augenblick, daß er an einem Türpfosten steht; kommt mit einer Krängung in einen Flur; fühlt eine Treppenstufe an den Knien; hört eine Magd schreien: »Herr Jesus, das Dünnbier!«

Von einem dunkeln bösen Gewissen getrieben, kriecht er die Treppe hinauf, stößt sich die Fingerknöchel an einem Schlüssel, kriegt eine Tür auf, die nach innen nachgibt; stürzt in eine Kammer hinein und sieht ein großes gemachtes Bett für zwei; hat soviel Kraft, die Decke aufzuschlagen; kriecht mit Kleidern und Stiefeln hinein, um sich zu verstecken, da man ihn unten mit Schreien verfolgt; glaubt zu sterben oder zu erlöschen oder zu ertrinken, und meint, die Menschen rufen nach Dünnbier!

Ab und zu erwachte er wieder zum Leben, ward wieder angezündet, aus der See gezogen, lebte und stand am Weihnachtstisch; saß Lende an Lende neben dem Professor und disputierte über Hufelands Kunst, hundert Jahre zu leben; und dann wurde er wieder ausgeblasen wie ein Licht, erlosch, starb, sank und wurde naß.

Inzwischen wurde das Abendbrot unter den Eichen fortgesetzt und mit Bier und Branntwein so stark befeuchtet, daß keiner an den Pastor dachte.

Als man das Essen soweit verschlungen hatte, daß der Boden in Tellern und Schüsseln zu sehen war, ging man in die Stuga hinunter, um zu tanzen.

Die Braut wollte dem Pastor etwas Gutes auf die Kammer schicken; aber Carlsson überzeugte sie davon, daß der Pastor am liebsten Ruhe haben wolle; es sei nicht richtig, ihn zu stören. Und dabei blieb es.

Gustav hatte sich von seinem Bundesgenossen abgewandt, als er merkte, daß der überlistet war; er gab sich seinen Vergnügungen hin und vergaß allen Groll im Rausch.

Der Tanz ging wie eine Mühle. Der Spielmann saß auf dem Herd und fiedelte. In den offnen Fenstern kühlten sich schwitzende Rücken an der Frische der Nacht. Draußen auf der Höhe saßen die Alten, rauchten, tranken und scherzten im Halbdunkel, im schwachen Feuerschein, der durch die Scheiben der Küche fiel, und bei den Lichtern in der Tanzstube.

Draußen aber auf Wiesen und Höhen wanderte Paar um Paar in dem tauigen Grase unter dem schwachen Schimmer des Sternenhimmels, um bei Heuduft und Heimchengezirp das Feuer zu löschen, das die Wärme des Hauses, der starke Geist des Kornweins, der wiegende Schritt des Tanzes in ihnen entzündet hatten.

Mitternacht tanzte vorbei und der Himmel begann sich im Osten zu lichten; die Sterne zogen sich zurück, und der große Wagen streckte die Deichsel in die Luft, als sei er nach hinten umgekippt. Die Enten schnatterten im Schilf. Die blanke Bucht spiegelte bereits die Zitronenfarben der Morgenröte wieder, zwischen den Schatten der dunkeln Erlen, die im Wasser auf dem Kopf zu stehen schienen und bis auf den Seegrund reichten.

Das währte aber nur einen Augenblick; dann zogen Wolken von der Küste auf und es wurde wieder Nacht.

Da ertönte ein Geschrei in der Küche.

– Der Glühwein! Der Glühwein!

In Zugordnung kamen die Männer mit einer Kasserolle, die von brennendem Branntwein flammte und einen blauen Schein um sich warf, während der Spielmann einen Marsch spielte.

– Mit dem ersten Glas zum Pastor hinauf! schrie Carlsson, in der Hoffnung, seinem Werk die Krone aufsetzen zu können.

Mit Hurrahrufen wurde der Vorschlag angenommen. Der Zug setzte sich nach der Stuga des Professors in Bewegung. Mit mehr oder weniger sichern Schritten enterte man die Treppe.

Der Schlüssel saß in der Kammertür und man stampfte hinein, nicht ohne eine gewisse Furcht, mit Schelten und Hieben empfangen zu werden. Drinnen war es still, und bei dem blauen zitternden Scheine der Kasserolle sah man, daß das Bett unberührt und leer war.

Eine schwarze Ahnung von einem furchtbaren Rückschlag erfaßte Carlsson; aber er verbarg seinen Argwohn und machte der Ungewißheit und den Vermutungen mit der improvisierten Erklärung ein Ende: er erinnere sich jetzt, daß der Pastor gesagt habe, er wolle sich auf den Heuboden legen, um den Mücken zu entgehen.

Da man sich mit dem Feuer nicht dem Heu nähern durfte, gab man die Sache auf. Der Zug setzte sich wieder in Bewegung, um den Rückweg anzutreten, hinunter nach dem Hof, wo das Trankopfer dargebracht wurde.

Carlsson ernannte eilig Gustav zum stellvertretenden Wirt. Dann nahm er Rapp bei Seite und teilte ihm seine schrecklichen Ahnungen mit.

Ohne daß die Andern es merkten, schlichen die beiden Verschworenen die Treppe zur Brautkammer hinauf; einen Lichtstummel und Streichhölzchen hatten sie mitgenommen.

Als sie die Tür öffneten, schlug ihnen ein Gestank entgegen, daß sie beinahe auf den Rücken gefallen wären, wie sie später erzählten.

Rapp schlug Feuer, und im Brautbett sah Carlsson seine schlimmsten Erwartungen übertroffen.

Auf dem weißen mit Hohlsaum genähten Kopfkissen lag ein zottiger Kopf, ähnlich dem eines nassen Hundes, dessen Mund weit offen stand.

– Potztausend, knirschte Carlsson, das hätte ich doch nicht gedacht, daß der Halunke sich wie ein Schwein betragen würde. Gott erbarme sich!

Rapp hob die Decke und hielt sich die Nase zu!

– Oh Jesus, nein! Pfui, pfui!

Carlsson suchte nach einem Stock, aber es war keiner im Zimmer!

– So ein verdammter Schurke! Gott im Himmel! Und auch die Stiefel hat er an, der Stänker!

Hier war guter Rat teuer! Wie sollte man den Kranken fortschaffen, ohne daß die Leute etwas erfuhren, vor allem, ohne daß die Braut etwas merkte?

– Wir müssen ihn durchs Fenster hinausschaffen! erklärte Rapp.

– Nicht einmal mit einer Zange möchte ich ihn anfassen! versicherte Carlsson.

– Mit einer Talje geht es; dann schleppen wir ihn in die See! Lösch nur das Licht, und dann nach der Scheune hinauf und die Geräte geholt!

Die Tür wurde von draußen verschlossen und der Schlüssel herausgezogen. Dann schlichen die beiden Rächer auf einem Umwege nach der Scheune hinauf. Carlsson fluchte und schwor:

– Wenn wir ihn nur erst heraus haben, dann wollen wir ihn schon kriegen!

Zufällig stand das Hebezeug noch vom letzten Schlachten her da. Nachdem sie die Spiere heruntergenommen und Block und Seil gefunden hatten, schleppten sie die Geräte auf Umwegen hinter die Stuga, bis an den Giebel unter das Fenster des Pastors.

Rapp holte eine Leiter, scherte die Spiere und machte sie mit einer Latte am First fest. Darauf splißte er einen Stropp, befestigte den Block und schnitt die Talje ein. Dann kroch er in die Kammer, während Carlsson unten mit einem Bootshaken stand, um abzustoßen.

Nachdem Rapp in der Kammer eine Weile gearbeitet hatte, pustend und schnaubend, sah Carlsson ihn den Kopf herausstecken und hörte ihn leise den Befehl geben:

– Holen!

Carlsson holte, und bald erschien ein schwarzer Körper draußen auf dem Fensterbrett.

– Hol steif! befahl Rapp.

Carlsson holte an. Draußen auf dem Hebezeug baumelte jetzt der schlaffe Körper des Pastors, der sich unglaublich verlängerte, wie der eines Gehängten.

– Fieren! befahl Rapp wieder.

Aber im selben Augenblick war ein Laut zu hören wie aus einem angestochenen Dünnbieranker, und als es klack! sagte, strömte es nieder über Carlssons Kopf und Schultern.

– Herr Jesus, er kotzt! er kotzt, schrie der Bräutigam, der fühlte, wie sein schwarzer Rock verdorben wurde und etwas Klebriges sich in die Haarlocken legte, die Rundqvist mit der kleinen Kneifzange gekräuselt hatte.

– Fieren! schrie Rapp! Nur fieren! Hol an!

Aber Carlsson hatte schon losgelassen; wie ein Haufen lag der Pastor in den Nesseln, ohne einen Laut von sich zu geben.

Im Nu war der Bootsmann zum Fenster hinausgeklettert, und eilte die Leiter hinunter. Beide schleppten den Pastor nun nach der Waschbrücke.

Als sie ans Seeufer kamen, brach Carlsson los:

– Jetzt sollst du baden, du Halunke!

Es war seicht am Strande, aber sehr schlammig, weil man Jahre lang das Eingeweide der Fische dorthin geworfen hatte. Rapp packte den Stropp, den er um den Leib des Schlafenden befestigt, und warf ihn in die See.

Da erwachte der Pastor und stieß einen Schrei aus, wie ein Ferkel beim Schlachten.

– Holen! befahl Rapp, der merkte, daß die Leute oben aufhorchten und schon herbeieilten.

Carlsson aber legte sich auf die Knie und wälzte den Pastor im Schlamm; dann rieb er mit den Händen dessen schwarzen Anzug so ein, daß jede Spur von dem Unglück, das im Brautbett geschehen, vertilgt war.

– Was ist da unten los? Was ist? riefen die Leute, die herbeieilten.

– Der Pastor ist in die See gefallen! antwortete Rapp und holte den schreienden Geistlichen.

Jetzt entstand eine Volksversammlung. Carlsson spielte den edelmütigen Retter und machte den mitleidigen Samariter, indem er frömmelte und wehklagte.

– Könnt ihr euch denken: ich komme ganz zufällig hierher, da höre ich etwas plätschern und quellen, daß ich glaube, es sei ein Seehund. Als ich näher kam, sehe ich, es ist unser lieber Herr Pastor. Herr Jesus, sage ich zum Bootsmann, ich glaube, das ist Pastor Nordström selbst, der dort liegt und mit den Flügeln schlägt. Und dann sagte ich zu Rapp: Du, Rapp, lauf nach einer Trosse! Und Rapp lief nach einer Trosse. Als wir aber den Stropp um den dicken Herrn schlangen, fing er an zu schreien, als wollte man ihn ausweiden. Und wie er aussieht!

Der Pastor sah wirklich unbeschreiblich aus. Die Männer betrachteten ihren Hirten mit Verdruß, aber auch mit unausrodbarer Ehrerbietung; sie wollten ihn so schnell wie möglich fortschaffen.

Aus zwei Paar Rudern wurde eine Bahre gemacht, auf die man den Pastor legte. Acht starke Schultern trugen ihn nach der Tenne hinauf, wo man ihn umkleiden wollte.

Der Spielmann, der ganz betrunken war, glaubte, es handle sich um irgendeine Posse; er stieß zu ihnen und zog mit, während er Bellmans Trinklied »Macht Platz da, macht Platz da der Bahr des alten Schmidt!«; fiedelte.

Burschen kamen aus den Büschen hervor und gesellten sich dazu. Der Professor glaubte seine verlorene Jugend wiedergefunden zu haben, setzte sich an die Spitze und sang. Norman hatte seine Harmonika vorgeholt, da er seine musikalische Suada nicht unterdrücken konnte.

– Es stinkt arg! bemerkte der Professor, welcher der Dachtraufe von der Bahre zu nahe gekommen war, und die Männer hielten sich die Nase zu. Da rührte es sich oben, und über ihre Köpfe ergoß es sich von der Höhe.

– Er speit, er speit! schrie der Professor.

– Nehmt euch in Acht, er kotzt, er kotzt, warnte Carlsson, aber zu spät.

Als sie aber auf den Hof kamen, stürzten die Frauen herbei; sobald die den Pastor in seiner traurigen Verfassung sahen, wurden sie von Mitleid ergriffen und erbarmten sich über den Bewußtlosen. Frau Flod holte eine Bettdecke, die sie, trotz Carlssons Warnungen, über den Jammer warf. Dann setzte man warmes Wasser auf und borgte vom Professor Wäsche und Anzug.

Als man zur Tenne hinauf kam, wurde der Kranke, wie man ihn nannte – niemand hätte zugegeben, daß der Pastor betrunken sei – auf trockenes Stroh gelegt.

Rundqvist kam mit dem Schnäpper, um den Pastor zur Ader zu lassen, wurde aber fortgejagt. Da bat er, den Kranken wenigstens besprechen zu dürfen, denn er könne wassersüchtige Schafe besprechen. Er durfte sich aber durchaus nicht mit dem Geistlichen befassen, und auch kein anderer von den Mannsleuten.

Carlsson aber schlich sich wieder in die Brautkammer hinauf, dieses Mal allein, um die Spuren seiner Demütigung zu verwischen. Als er die Verwüstung in dem beschmutzten Brautbett sah, überfiel ihn einen Augenblick Schwäche, ermüdet, wie er von den Arbeiten der letzten Tage und den Anstrengungen dieser Nacht war. Er dachte daran, wie anders es mit Ida gewesen wäre, wenn ihr Verhältnis zu Stande gekommen. Er trat ans Fenster und blickte lange und schwermütig über die Bucht.

Die Wolken hatten sich zerstreut und die Nebel sammelten sich in weißem Flor über dem Wasser; die Sonne ging auf und strahlte in die Brautkammer hinein, beschien das bleiche Gesicht und die ausgewässerten Augen, die sich zusammen kniffen, als kämpften sie gegen hervorbrechende Tränen. Das Haar lag in feuchten Zotten auf der Stirn, das weiße Halstuch war befleckt, der Rock hing schlaff herunter und war bekotzt. Die Sonnenwärme ließ ihn erschauern; mit der Hand über die Stirn fahrend, wandte er sich ins Zimmer hinein, noch ein Mal das beschmutzte Bett betrachtend.

– Aber das ist doch ganz furchtbar! sagte er zu sich selbst, riß sich aus seiner Schlaffheit und fing an, die Bezüge von den Betten zu ziehen.

Sechstes Kapitel

Veränderte Verhältnisse und veränderte Ansichten; die Landwirtschaft geht zurück und der Grubenbau blüht

Carlsson war nicht der Mann, unangenehme Empfindungen länger, als er wollte, auf sich einwirken zu lassen; sein Körper nahm die Schauer hin, schüttelte sich und ließ sie ablaufen. Seine Stellung als Hofbesitzer hatte er sich durch seine Tüchtigkeit und sein Wissen errungen; und daß Frau Flod ihn zum Manne nahm, war ebenso viel Gewinn für sie als für ihn, meinte er.

Als aber der Hochzeitsrausch verflogen war, begann Carlsson weniger eifrig zu werden; er war ja nun sicher, sowohl durch die Heirat wie durch den Erben; denn in wenigen Monaten war das Kind zu erwarten. Den Gedanken, sich zu einem Herrn zu machen, hatte er aufgegeben; statt dessen rüstete er sich, Großbauer zu werden. Zog ein prächtiges wollenes Wams an, tat ein festes Schurzfell um, trug Wasserstiefel; brachte viel Zeit vor seinem Sekretär zu; das war sein Lieblingsplatz geworden. Las die Zeitung, schrieb und rechnete weniger als früher; überwachte die Arbeit mit der Pfeife im Munde und zeigte weniger Interesse für die Landwirtschaft.

– Die Landwirtschaft geht zurück, sagte er. Das habe ich in der Zeitung gelesen; es ist billiger, sein Korn zu kaufen!

– Früher hat er anders gesprochen, meinte Gustav, der auf alles achtgab, was Carlsson sagte und tat, sich aber auf eine stumpfe Unterwerfung beschränkte, ohne jedoch den neuen Herrn anzuerkennen.

– Die Zeiten verändern sich und wir uns mit ihnen! Ich danke Gott für jeden Tag, an dem ich klüger werde! antwortete Carlsson.

Er besuchte Sonntags die Kirche; nahm an allgemeinen Fragen teil und wurde in den Gemeinderat gewählt. Dadurch kam er in nähere Berührung mit dem Pastor und erlebte den großen Tag, an dem er ihn duzen konnte. Das war einer der größten Träume seines Ehrgeizes; ein ganzes Jahr lang ward er nicht müde, zu erzählen, was er gesagt und was Pastor Nordström geantwortet hatte.

– Hör mal, lieber Nordström, sagte ich, dieses Mal läßt du mich aber gewähren! Und da sagte Nordström: Carlsson, du mußt nicht halsstarrig sein, wenn du auch ein kluger Kerl und ein verständiger Mann bist ...

Die Folge war, daß Carlsson eine Menge Gemeindeangelegenheiten übernahm, unter denen die Feuerschau die beliebteste war. Da reiste man auf Kosten des Kirchspiels umher und trank Kaffeehalbe bei Bekannten.

Auch die Wahl zum Reichstage, die allerdings im Innern des Landes stattfand, hatte ihre Verführungen und ihre kleinen Nachwehen, die bis in die Schären zu spüren waren.

Zur Wahlzeit und auch sonst wohl einige Male im Jahr kam der Baron mit seinen Jagdherren auf einem Dampfer heraus; dann wurden fünfzig Kronen für das Recht, einige Tage jagen zu können, bezahlt. Punsch und Kognak flossen Tag und Nacht, und man schied von den Jägern mit der festen Überzeugung: das sind feine Leute.

Carlsson kam also in die Höhe und wurde ein Licht auf dem Hofe: eine Autorität, die über Dinge Bescheid wußte, welche die Andern nicht begriffen. Ein schwacher Punkt aber blieb, und er spürte ihn zuweilen: er war vom Lande, war kein Seemann.

Um diesen letzten Rangunterschied auszugleichen, fing er an, sich mehr für die Seegeschäfte zu interessieren, legte eine große Neigung fürs Meer an den Tag. Putzte sich eine Flinte und fuhr auf die Jagd hinaus; nahm am Fischen teil und wagte sich auf längere Segelfahrten.

– Mit der Landwirtschaft gehts abwärts, und wir müssen uns auf's Fischen legen, antwortete er seiner Frau, die mit Unruhe Vieh und Feld verkommen sah.

– Vor allem das Fischen! Das Fischen für den Fischer und das Land für den Landwirt! verkündigte er jetzt auf eine Art, die keinen Widerspruch duldete, nachdem er vom Schullehrer im Kirchenrat gelernt hatte, seine Worte »pallementarisch« zu setzen.

Zeigte sich ein Mangel im Ertrag, so mußte man Holz hauen.

– Der Wald muß gelichtet werden, wenn er reif werden soll! So spricht wenigstens der rationelle Landwirt; ich selber weiß es nicht.

Und wenn Carlsson es nicht wußte, wie sollten dann die Andern es wissen!

Rundqvist wurde die Landwirtschaft überlassen, Clara das Vieh.

Rundqvist ließ Gras auf dem Acker wachsen, schlief vom Frühstück bis zum Mittag auf dem Rain, schlief vom Mittag bis zum Abendbrot in den Büschen; warf Stahl über die Kühe, wenn sie keine Milch gaben.

Gustav hauste noch mehr auf der See als früher und knüpfte den alten Jägerbund mit Norman wieder an.

Das Interesse, das einen Augenblick alle Arme in Bewegung gesetzt hatte, war fortgefallen; für einen Fremden arbeiten, war nicht sehr ermunternd. Darum ging das Ganze nachlässig aber ruhig seinen gewohnten Gang.

Im Herbst aber, einige Monate nach der Hochzeit, trat ein Ereignis ein, das wie ein Stoßwind auf Carlssons eben mit vollen Segeln ausgelaufenes Fahrzeug wirkte. Seine Frau kam vor der Zeit nieder und gebar ein totes Kind. Die Umstände waren außerdem so beunruhigend, daß der Arzt bestimmt erklärte, jetzt sei es Schluß:

– Keine Kinder mehr!

Das war verhängnisvoll für Carlsson; denn nun hatte er für die Zukunft keine andere Aussicht, als einst aufs Altenteil zu kommen. Da die Alte obendrein noch kränklich nach der Entbindung war, drohte diese Veränderung in seiner Stellung früher einzutreten, als er geträumt hatte. Es kam also darauf an, die Zeit gut auszunutzen, in die Scheunen zu sammeln, an den morgenden Tag zu denken.

Neues Leben kam in Carlsson. Die Landwirtschaft mußte schleunigst gehoben werden; warum, das ging niemanden etwas an. Bauholz wurde gefällt; denn jetzt sollte eine neue Stuga gebaut werden; warum, das brauchte er niemandem auf die Nase zu binden. Die Jagdlust mußte bei Norman schleunigst gedämpft werden, und noch ein Mal wurde Norman seinem Freunde abspenstig gemacht. Rundqvist wurde wieder eingefangen und mit neuen Vorteilen aufgemuntert. Es ward gepflügt, gesäet, gefischt, gezimmert; die Gemeindesachen blieben liegen.

Gleichzeitig führte Carlsson ein häusliches Leben; saß bei seiner Alten; las ihr zuweilen vor, aus der Heiligen Schrift oder aus dem Gesangbuch; sprach zu ihrem Herzen und wandte sich an ihre edleren Gefühle, ohne recht erklären zu können, wo er hinaus wolle.

Die Alte liebte Gesellschaft und hörte gern Geplauder; sie legte also Wert auf diese kleinen Aufmerksamkeiten, ohne weiter darüber nachzudenken, was diese Vorbereitungen auf den Tod bezwecken könnten.

Eines Winterabends, als die Bucht unterm Eise lag, die offnen Meeresflächen aber nicht mehr fahrbar waren, man schon vierzehn Tage eingeschlossen war, ohne einen Nachbar begrüßen zu können, ohne einen Brief oder eine Zeitung zu erhalten; als die Einsamkeit und der Schnee das Gemüt bedrückte und der kurze Tag nur wenig Arbeit erlaubte, hatten sich die Leute in der Küche versammelt; auch Gustav war dabei. Das Feuer brannte im Herd und die Burschen saßen und flickten Netze. Die Mädchen spannen und Rundqvist schnitzte an einem Spatenschaft. Der Schnee war den ganzen Tag gefallen und stieg schon über die Fensterscheiben. Wie ein Totenzimmer sah die Küche aus, da die Fenster mit Laken aus Schnee verhängt waren. Jede Viertelstunde mußte ein Mann hinaus und die Tür frei schaufeln, damit man nicht eingeschneit wurde, sondern zum Melken und Futtern nach dem Stall gelangen konnte.

Jetzt war die Reihe an Gustav; Ölrock und Südwester über Wams und Ottermütze, so ging er hinaus; stemmte die Tür auf, gegen die sich der Schnee gelegt hatte, und stand draußen im Schneetreiben. Die Luft war schwarz, die Schneeflocken waren grau wie Motten, groß wie Hühnerfedern; schwebten unaufhörlich, unaufhörlich nieder, legten sich leise auf einander, erst leicht, dann schwerer; packten sich zusammen und wuchsen an. Schon ein gut Stück ging der Schnee die Wand des Hauses hinauf und nur durch die obere Ecke der Fenster schimmerten die Lichter von innen.

Eine Neugier, die ihn schnell überkam, veranlaßte Gustav, den oberen Schnee herunter zu stochern, damit er ein Guckloch erhielt; als er dann auf den Schneehaufen stieg, konnte er ins Zimmer sehen.

Carlsson saß wie gewöhnlich vor dem Sekretär; er hatte ein großes Papier vor sich liegen; das war oben mit einem großen blauen Stempel bedruckt, der wie die Zeichnung auf den Scheinen der Reichsbank aussah. Die Feder hoch erhoben, sprach er auf die Alte, die neben ihm stand, ein; er schien ihr die Feder geben zu wollen, damit sie etwas schreibe.

Gustav legte das Ohr an die Scheibe; da es aber Doppelfenster waren, hörte er nur ein Gemurmel. Außerordentlich gern hätte er jedoch gewußt, was da vor ging, denn er ahnte, daß es ihn sehr nahe berühre; auch hatte er gelernt, daß es sich um wichtige Angelegenheiten handelt, wenn man gestempeltes Papier benutzt.

Leise öffnete er die Tür, schob die Strohschuhe ab und kroch die Treppe hinauf, bis er auf den oberen Flur kam. Dort legte er sich auf den Bauch; und nun konnte er hören, was in der Stube bei der Mutter gesprochen wurde.

— Anna Eva, verkündete Carlsson mit einem Ton, der zwischen Reiseprediger und Gemeinderat lag; das Leben ist kurz, und der Tod k a n n über uns kommen, ehe wir es wissen. Wir müssen also darauf gefaßt sein, von hinnen zu gehen, ob es nun heute geschieht oder morgen; das ist ganz einerlei! Unterschreib also, je eher desto besser!

Die Alte liebte es nicht, so viel von Tod zu hören; aber Carlsson hatte nun Monate lang so oft davon gesprochen, daß sie gegen diese Rede nur noch schwach Widerstand zu leisten vermochte.

— Aber, Carlsson, ganz einerlei ist es mir nicht, ob ich heute sterbe oder in zehn Jahren; ich kann noch lange leben.

– Ich habe ja nicht gesagt, daß du sterben wirst; ich habe nur gesagt, daß wir sterben können; und ob das heute oder morgen, oder in zehn Jahren geschieht, das ist ganz einerlei; ein Mal muß es geschehen! Also schreib nur!

– Das verstehe ich nicht, widerstrebte die Alte, als wolle der Tod kommen und sie holen; es kann doch wohl nicht ...

– Doch, es ist ganz einerlei, wann es geschieht! Ist es vielleicht nicht so? Ich weiß es nicht! Jedenfalls schreib!

Ihr war, als lege er ihr einen Strick um den Hals, wenn Carlsson mit seinem »Ich weiß nicht« kam; die Alte wußte sich nicht mehr zu helfen und gab nach.

– Nun, wo hinaus willst du? fragte sie ihn, von dem langen Hinundherreden ermüdet und erschöpft.

– Anna Eva, du mußt an deine Nachkommen denken; denn das ist die erste Pflicht des Menschen; darum mußt du schreiben.

In diesem Augenblick öffnete Clara die Küchentür und fragte, wo Gustav bleibe; der aber wollte sich nicht verraten und verhielt sich still; konnte aber nicht mehr hören, was weiter in der Stube geschah.

Clara ging zurück und Gustav kletterte hinab; blieb vor der Stubentür stehen, um die letzten Worte von Carlsson zu hören; die ließen ihn vermuten, daß die Alte unterschrieben habe und das Testament aufgesetzt sei.

Als Gustav wieder in die Küche kam, sahen die Leute, daß ihm etwas geschehen war. Er sprach in versteckten Worten, er werde einen Fuchs fangen, den er schreien gehört; es sei besser, auf See zu gehen, als sich zu Hause von den Läusen fressen zu lassen; ein weißes Pulver unterm Futter könne Gäulen Mut machen; aber auch den Tod geben, wenn es zu viel sei.

Carlsson dagegen war beim Abendbrot äußerst menschenfreundlich; erkundigte sich nach Gustavs Arbeitsplänen und Jagdabsichten; holte das Stundenglas und ließ den weißen Sand rinnen; dann sagte er:

– Die Minuten sind kostbar; essen wir und trinken wir, denn morgen müssen wir sterben!

Gustav lag in dieser Nacht lange wach; viele finstere Gedanken und schwarze Pläne kreuzten sich in seinem Kopfe. Aber er war keine starke Seele, welche die Verhältnisse nach ihrem Sinn ändern, Gedanken in Handlung umsetzen konnte; wenn er eine Sache durchdacht hatte, ließ er sie fallen, als sei sie vollendet.

Nachdem er einige Stunden geschlafen und von andern Dingen geträumt hatte, war er wieder ebenso fröhlich und ließ fünf gerade sein, indem er darauf traute: Kommt Zeit, kommt Rat; die Gerechtigkeit wird schon ihren Gang gehen; und dergleichen mehr.

Der Frühling kam wieder, die Schwalben besserten ihre Nester aus und der Professor kehrte zurück.

Um dessen Stuga hatte Carlsson im Laufe der Jahre einen Garten angelegt; Flieder, Obstbäume, Beerenbüsche gepflanzt; für die er Stecklinge und Pfropfreiser aus der Pfarre geholt; Wege besandet und Lauben errichtet. Es begann herrschaftlich auf dem Hofe auszusehen.

Niemand konnte leugnen, daß der Fremdling Wohlstand und Gemütlichkeit geschaffen, daß er Feld und Vieh in die Höhe gebracht, Haus und Hof in Stand gesetzt; sogar den Preis für die

Fische hatte er in der Stadt in die Höhe getrieben und ein Abkommen mit einem Dampfer getroffen, damit man sich die langen zeitraubenden Fahrten nach der Stadt sparen konnte.

Jetzt, als er nachließ, müde war, sich mit dem Bau seiner eigenen Stuga beschäftigte, klagte man.

– Macht es doch selber, antwortete Carlsson, dann werdet ihr mal sehen, wie gut es tut. Jeder für sich und Gott für uns alle!

Bald hatte er seine eigene Stuga unter Dach, begann einen Garten anzulegen, Büsche zu pflanzen, Wege zu machen. Er hatte seine Stuga mit solchem Geschmack gebaut, daß sie die anderen in Schatten stellte. Sie besaß zwar nur zwei Zimmer und Küche, sah aber doch stattlicher aus als die alten Häuser; woran es lag, konnte man nicht sagen. Ob daran, daß er den Dachstuhl hoch geführt und die Dachtraufe weit über die Wand hatte vorspringen lassen; oder ob es die »Krucifixe« waren, die er in die Deckbretter gesägt hatte; oder die Veranda, die er mit einigen Treppenstufen vor die Tür gesetzt. Es waren keine Kostbarkeiten, aber es sah doch etwas villenartig aus. Rot war die Stuga wie eine Kuh, aber die Ecken waren schwarz und getäfelt; die Fensterbretter waren weiß gestrichen und die Veranda, ein leichtes Dach auf vier Pfosten, war blau gemalt.

Auch hatte er Verstand genug gehabt, seinen Platz zu wählen; unmittelbar unter dem Fuß des Berges, und zwar so, daß zwei alte Eichen mitten davor zu stehen kamen, ungefähr wie der Anfang einer geplanten Allee oder eines Parks. Wenn man auf der Veranda saß, hatte man die schönste Aussicht: die Bucht mit den Schilfbänken, die lange grüne Quellwiese; durch eine Mulde im Kälberhag konnte man die Boote hinten im Sunde sehen.

Gustav sah alles scheel an, wünschte die Stuga fort, hielt Carlsson für eine Wespe, die ihr Nest unter dem Dachstuhl baute; die hätte er gern verscheucht, ehe sie Eier legen und sich vielleicht mit ihrer Brut festsetzen konnte. Er hatte aber nicht die Kraft, sie fortzubringen; darum blieb sie sitzen.

Die Alte war kränklich und ließ alles gehen, wie es ging. Im Vorgefühl des Wirrsals, das entstehen würde, wenn sie aus dem Leben schied, sah sie es nicht ungern, daß ihr Mann, denn das war er jedenfalls, ein Dach über dem Kopf hatte und nicht als armer Teufel herumlief. Sie verstand sich nicht auf Rechtssachen, hatte aber eine Ahnung davon, daß es bei Vermögensaufnahme, Erbteilung, Testament nicht mit rechten Dingen zugegangen; doch das war die Sache der Andern, wenn sie nur damit nichts zu tun hatte. Ein Mal mußte es aber losbrechen, wenn nicht früher, dann an dem Tage, an dem Gustav heiratete; und solche Gedanken mußte ihm jemand in den Kopf gesetzt haben, denn er war sich nicht mehr gleich, sondern ging nachdenklich umher.

Eines Nachmittags Ende Mai stand Carlsson in seiner neuen Küche und mauerte am Herd, als Clara kam und ihn rief:

– Carlsson, Carlsson, der Professor ist mit einem deutschen Herrn gekommen, der Carlsson sprechen will!

Carlsson nahm das Schurzfell ab, trocknete sich die Hände und machte sich zum Empfang bereit, neugierig, was der ungewöhnliche Besuch zu bedeuten habe.

Als er auf die Veranda kam, stieß er auf den Professor, in dessen Begleitung sich ein Herr mit langem schwarzem Bart befand, der sehr energisch aussah.

– Direktor Diethoff möchte Sie sprechen, Carlsson, sagte der Professor, indem er auf seinen Begleiter deutete.

Carlsson bürstete einen Sitzplatz auf der Bank der Veranda ab und lud zum sitzen ein.

Der Direktor hatte keine Zeit, sich zu setzen, sondern fragte stehend, ob der Roggenholm zu verkaufen sei.

Carlsson fragte, zu welchem Zweck, denn der Holm war vielleicht nur drei Morgen groß, war hügelig, trug etwas Fichtenwald und bot nur unbedeutende Schafweide.

– Zu industriellem Zweck, antwortete der Direktor und fragte, was er koste.

Carlsson war unschlüssig und bat um Bedenkzeit, bis er erfahren, was dem Holm seinen unerwarteten Wert gab.

Es war aber nicht die Absicht des Direktors, ihn das sofort wissen zu lassen, sondern er wiederholte noch ein Mal seine Frage, was der Holm koste. Dabei faßte er in die Brusttasche, deren starke Anschwellung deutlich durchs Tuch zu sehen war und verriet, daß darin etwas steckte.

– So teuer kann der wohl nicht sein, meinte Carlsson; aber ich muß erst mit der Alten und dem Sohne sprechen.

Damit lief er nach der Stuga hinunter; blieb eine gute Weile fort und kam dann zurück. Jetzt aber sah er verlegen aus, und es schien ihm schwer zu fallen, mit seiner Forderung herauszurücken.

– Sagen Sie, was Sie geben wollen, Herr Direktor, brachte er schließlich hervor.

Nein, das wollte der Direktor nicht.

– Nun, wenn ich dann fünf sage, so werden Sie es nicht zu teuer finden, preßte Carlsson hervor, dem der Atem im Hals stecken blieb und der Schweiß auf die Stirne trat.

Direktor Diethoff öffnete den Rock, zog die Banknotentasche heraus und zählte zehn Scheine zu je einhundert Kronen auf. – Hier ist vorläufig Handgeld; die vier andern kommen im Herbst? Einverstanden?

Carlsson war im Begriff eine Dummheit zu machen; es gelang ihm aber gerade noch, seine überschwellenden Gefühle zurückzudrängen und ziemlich ruhig zu antworten, er sei einverstanden, während er nur fünfhundert Kronen statt fünftausend gemeint hatte.

Darauf ging man zum Sohne und zur Alten hinunter, um den Kaufvertrag zu unterzeichnen und die Summe zu quittieren.

Carlsson blinzelte und grinste den Beiden zu, sie sollten ihm beistehen; die aber verstanden nichts.

Schließlich setzte sich die Alte die Brille auf und las, nachdem sie unterschrieben hatte.

– Fünftausend! schrie sie. Was lese ich? Du sagtest doch hundert, Carlsson?

– Nein, da mußt du dich verhört haben, Anna Eva. Habe ich vielleicht nicht tausend gesagt, Gustav?

Dabei blinzelte er so sehr, daß der Direktor es sah.

– Ja, ich glaube wohl, er hat tausend gesagt! stand ihm Gustav bei, so gut er konnte.

Als der Vertrag unterschrieben war, erklärte der Direktor, er beabsichtige für Rechnung seiner Gesellschaft auf dem Roggenholm eine Feldspatgrube anzulegen.

Niemand wußte, was Feldspat ist, und niemand hatte an diesen Schatz gedacht; außer Carlsson; der schwindelte jetzt, er habe längst daran gedacht, nur kein Kapital gehabt.

Der Direktor erzählte, Feldspat sei eine rote Steinart, die von Porzellanfabriken gebraucht werde. In acht Tagen werde das Haus des Verwalters, das schon bei der Tischlerei bestellt sei, aufgestellt sein; in vierzehn Tagen werde die hölzerne Arbeiterkaserne auf ihrem Platz stehen; mit dreißig Mann werde man dann die Arbeit anfangen.

Damit reiste er.

Dieser Goldregen war so schnell über die Inselbauern gekommen, daß sie keine Zeit gehabt hatten, alle Folgen zu berechnen. Tausend Kronen auf dem Tisch, viertausend im Herbst, für eine wertlose Insel: das war zu viel auf ein Mal. Darum saßen sie den ganzen Abend einträchtig bei einander und rechneten aus, was ihnen außerdem noch zufallen könnte. Natürlich konnte man Fische und andere Produkte an die vielen Arbeiter und an den Verwalter verkaufen; Holz auch; das war nicht zweifelhaft. Dann kam der Direktor heraus, vielleicht mit Familie, und wollte auf Sommerfrische wohnen. Dann konnte man natürlich dem Professor die Miete steigern; und Carlsson konnte vielleicht seine Stuga auch vermieten. Alles werde schön und gut werden.

Carlsson legte selbst das Geld in den Sekretär und saß die halbe Nacht vor der Klappe, um zu rechnen.

Während der nächsten Woche fuhr Carlsson mehrere Male nach dem Badeort Dalarö und kam mit Tischlern und Malern zurück. Auf seiner Veranda hielt er kleine Empfänge ab; er hatte einen Tisch dahin gestellt; an den setzte er sich, trank Kognak, rauchte die Pfeife und überwachte die Arbeit, die jetzt große Fortschritte machte.

Bald waren Tapeten in allen Zimmern, sogar in der Küche; und dort wurde auch ein ordentlicher Herd eingemauert. Die Fenster wurden mit grünen Läden versehen, die weithin leuchteten; die Veranda wurde noch ein Mal gestrichen, und zwar weiß und rosenrot; auch erhielt sie auf der Sonnenseite eine blau- und weißgestreifte Zwillichgardine. Um Hof und Garten erstreckte sich ein Lattenzaun, der grau gestrichen war und weiße Köpfe hatte.

Die Leute standen lange davor und gafften die Herrlichkeit an; Gustav aber stand am liebsten in gehöriger Entfernung hinter einer Ecke oder einem dichten Busch; eine Einladung, auf die Veranda zu kommen, nahm er selten oder niemals an.

Es war einer von Carlssons Träumen, die er in recht klaren Nächten träumte, wie der Professor auf der Veranda zu sitzen, selbstherrlich zurückgelehnt, aus einem Fußglas Kognak nippend, sich die Aussicht anzusehen und eine Pfeife zu rauchen – noch lieber eine Zigarre; aber die war ihm noch zu stark.

Als er acht Tage später eines Morgens in aller Frühe dort saß, hörte er im Sunde vorm Roggenholm einen Dampfer pfeifen.

– Jetzt kommen sie, dachte er; und als Herr am Ort wollte er fein sein und sie empfangen.

Er ging hinunter in die Stuga und zog sich an; schickte nach Rundqvist und Norman, die ihn nach dem Roggenholm begleiten sollten, um die fremden Herren zu empfangen.

In einer halben Stunde stieß das Boot ab, und Carlsson setzte sich ans Steuer. Dann und wann ermahnte er die Knechte, in Takt zu rudern, damit man als ordentliche Leute ankomme.

Als sie die letzte Landzunge umfahren hatten und der Sund sich öffnete, auf der einen Seite von der großen Insel und auf der andern Seite vom Roggenholm begrenzt, hatten sie einen prachtvollen Anblick vor sich. Ein Dampfer, der mit Flaggen und Signalen geschmückt war, lag im Sund verankert; und zwischen Schiff und Land fuhren kleine Jollen mit Matrosen in blauweißen Jacken. Oben auf der Strandklippe, die von dem bloßgelegten Feldspat rosenrot leuchtete, stand eine Gruppe Herren und ein Stück davon ein Musikchor, dessen Messinginstrumente sich prächtig von den schwarzen Fichten abhoben.

Die Ruderer fragten sich, was man dort oben vorhabe, und ruderten an die Klippe heran, um so nahe wie möglich zu kommen und zu sehen und zu hören. Eins, zwei, drei, gerade als sie unter dem Sammelplatz lagen, war ein Sausen in der Luft zu hören, als seien zwölfhundert Eider aufgeflogen; dann ein Dröhnen, das aus dem Innern des Berges zu kommen schien; schließlich ein Krachen, als sei der ganze Holm gesprungen.

– Zum Teufel! war alles, was Carlsson hervorbringen konnte, denn im nächsten Augenblicke regnete es Steine ums Boot; ein Schauer von Kies folgte und schließlich ein Hagel kleiner Steine.

Dann sprach eine Stimme oben auf dem Berge; sprach von Handwerk und Gewerbe, von aufgespeicherter Arbeit; auch etwas Ausländisches kam vor, das die Inselbauern nicht verstanden.

Rundqvist glaubte, es sei eine Predigt, und nahm die Mütze in die Hand; Carlsson aber verstand, daß es die Direktion war, die sprach.

– Ja, meine Herren, schloß der Direktor, wir haben hier viel Steine vor uns, und ich schließe meine Rede mit dem Wunsch, sie mögen alle zu Brot werden!

– Bravo!

Und dann blies die Musik einen Marsch. Die Herren kamen an den Strand hinab, alle kleine Steinstücke in der Hand tragend, die sie unter Lachen und Lärm befingerten.

– Was macht ihr da mit dem Boot? schrie ein Herr in Marineuniform die Inselbauern an, die auf ihren Rudern ausruhten.

Sie wußten nicht, was sie antworten sollten, hatten aber nicht gedacht, daß es gefährlich sein könne, sich den Staat anzusehen.

– Das ist ja Carlsson selbst, erklärte Direktor Diethoff, der hinzu gekommen war. Das ist unser Wirt hier am Ort, stellte er vor. Kommen Sie und frühstücken Sie mit uns!

Carlsson traute seinen Ohren nicht, überzeugte sich aber bald, daß die Einladung ernst gemeint sei.

Bald saß Carlsson auf dem Achterdeck des Dampfers an einem gedeckten Tisch, dessengleichen er noch nicht gesehen. Er hatte sich zuerst geziert, aber die Herren waren ganz ungewöhnlich leutselig und erlaubten nicht ein Mal, daß er das Schurzfell abnahm.

Rundqvist aber und Norman aßen auf dem Vorderdeck mit der Mannschaft.

Das Paradies hatte Carlsson sich nicht herrlicher gedacht. Speisen, deren Namen er nicht wußte und die wie Honig im Mund schmolzen; Speisen, die den Hals einrieben ganz wie ein Schnaps; Speisen in allen Farben. Und sechs Gläser standen vor seinem Platze wie vor den Plätzen der andern Herren; und Weine wurden getrunken, die waren, als rieche man an einer Blume oder küsse ein Mädchen; Weine, die einem in die Nase stachen, die einem in den Beinen kitzelten, die einem zum Lachen verlockten. Dazu blies die Musik so lieblich, daß es an der

Nasenwurzel kribbelte, als wolle man weinen; bald fror man an den Schläfen, bald tat es einem so wohl im ganzen Körper, daß man hätte sterben mögen.

Als alles zu Ende war, sprach der Direktor für den Wirt; lobte ihn, daß er seinen Stand ehre und nicht den Haupterwerb verlasse, um einem unsichern Gewinn auf andern Gebieten nachzujagen, wo die Not Arm in Arm mit dem Luxus gehe.

Und dann stieß man mit Carlsson an. Der wußte nicht, ob er lachen oder ernst bleiben sollte; aber er sah die Herren lachen, als etwas recht Ernstes, wie er meinte, gesagt wurde; also lachte er mit.

Nach dem Frühstück wurden Kaffee und Zigarren geboten, und man stand vom Tische auf.

Carlsson, edelmütig wie ein Glücklicher, wollte nach vorn gehen, um nachzusehen, ob Rundqvist und Norman etwas bekommen hatten. Da aber rief ihn der Direktor an und bat ihn, einen Augenblick in die Kajüte zu kommen.

In der Kajüte machte ihm Herr Diethoff den Vorschlag, er möge, um seine Stellung zu befestigen und, wenn es nötig sei, als Autorität unter den Arbeitern auftreten zu können, einige Aktien zeichnen.

– Darauf verstehe ich mich leider nicht, meinte Carlsson, der so viel von diesen Geschäften wußte, daß man nichts abschloß, wenn man getrunken hatte.

Aber der Direktor ließ ihn nicht los, und nach einer halben Stunde hatte Carlsson vierzig Aktien der Feldspat-Aktiengesellschaft Eagle zu je hundert Kronen; ferner das ausdrückliche Versprechen, stellvertretendes Mitglied des Aufsichtsrates zu werden. Von der Einzahlung sagte man nur, sie sollten »pö a pö« geschehen und à conto.

Darauf trank man Kaffee und Kognak und Punsch und Biliner Wasser. Sechs war die Uhr, als Carlsson ins Boot kam.

Bei der Ausbootung ließ man das Reep fallen; das verstand Carlsson aber nicht, sondern drückte allen Matrosen, die an der Treppe standen, die Hand und bat sie zu grüßen, wenn sie an Land kämen.

Mit seinen vierzig Aktienbriefen nebst Coupons ließ er sich nach Hause rudern, am Steuer sitzend, eine Zigarre im Munde und einen Korb Punsch zwischen den Knien.

Als Carlsson nach Haus kam, schwamm er in Seligkeit, lud alle, auch die Mägde aus der Küche, zu Punsch ein, zeigte die Aktienbriefe, die wie riesengroße Scheine der Reichsbank aussahen; wollte den Professor einladen und begegnete die Einwendungen der Anderen damit: er sei stellvertretendes Mitglied des Aufsichtsrates und ebenso gut wie ein deutscher Musikant, der kein Gelehrter sei und darum auch kein richtiger Professor.

Pläne, so groß wie ein Holzstoß, hatte Carlsson; er wollte eine einzige große Strömling-Salzerei-Aktiengesellschaft für das ganze stockholmer Inselmeer gründen, Faßbinder von England ins Land rufen, Fahrzeuge direkt von Spanien mit Salz kommen lassen!

Im selben Atemzuge sprach er vom Hauptgewerbe, der Landwirtschaft, deren Vertretern und deren Zukunft, gab seinen Hoffnungen und Befürchtungen Ausdruck. Man trank seinen Punsch und hüllte sich in Tabakswolken und frohe Aussichten ein.

Carlsson war so hoch gestiegen, daß er einen Schwindelanfall bekam. Die Landwirtschaft wurde vernachlässigt und die Besuche auf dem Roggenholm folgten sich Tag aus Tag ein. Er machte die Bekanntschaft des Verwalters, saß auf dessen Veranda, trank Kognak und Biliner Wasser, während er zusah, wie die Arbeiter Steine klopften, um die Quarzadern herauszubrechen; wären die nicht gewesen, hätte man den ganzen Berg auf ein Mal verschiffen können.

Der Verwalter war früher Vorarbeiter in einem Bergwerk gewesen; hatte Verstand genug, um sich mit dem Aktienbesitzer und stellvertretenden Mitglied des Aufsichtsrates gut zu stellen; besaß genügende Einsicht, um abschätzen zu können, wie lange das Geschäft gehen würde.

Aber der neue Grubenbetrieb übte auch seinen Einfluß auf das leibliche und sittliche Wohlbefinden der Inselbauern; und die Anwesenheit von dreißig unverheirateten Arbeitern begann ihre Wirkungen zu zeigen.

Die Ruhe war gestört. Den ganzen Tag über donnerten Schüsse aus dem Berge; Dampfer pfiffen im Sund; Jachten kamen und spien Seeleute ans Land. Abends erschienen die Arbeiter auf dem Bauernhofe, umkreisten Brunnen und Stall; stellten den Mädchen nach; veranstalteten Tänze; tranken und schlugen sich mit den Knechten.

Die Leute feierten die Nächte durch, und am Tage war nichts mit ihnen anzufangen; sie schliefen auf den Wiesen, nickten am Herd ein.

Zuweilen kam der Verwalter auf Besuch. Dann mußte man den Kaffeekessel aufsetzen, und da man dem Herrn nicht Branntwein anbieten konnte, mußte man sich Kognak halten.

Doch man verkaufte Fische und Butter; Geld strömte ein; man lebte flott, und Fleisch kam öfters auf den Tisch als früher.

Carlsson fing an fett zu werden; ging den Tag über in einem leichten Rausch umher, ohne sich jedoch zu überladen. Wie ein einziges langes Fest verging der Sommer für ihn, da er seine Zeit zwischen Gemeindesachen, Grubenbau und Naturverschönerungen teilte.

Jetzt im Herbst war er acht Tage auf Feuerschau fort gewesen. Als er eines frühen Morgens nach Hause kam, wurde er von der Alten mit der beunruhigenden Mitteilung empfangen, es müsse etwas draußen auf dem Roggenholm geschehen sein. Es sei dort nämlich vier Tage lang still gewesen; nicht ein Schuß sei gelöst worden und keine Dampferpfeife habe man gehört. Die Leute seien mit Dreschen beschäftigt gewesen; deshalb habe niemand Zeit gehabt, die Grube zu besuchen. Der Verwalter habe sich auch nicht sehen lassen; und die Arbeiter hätten aufgehört, abends den Hof zu umkreisen. Es müsse also etwas geschehen sein.

Um sich Bescheid zu holen, ließ Carlsson anspannen; so nannte er es, wenn er sich nach der Grube rudern ließ. Das Boot hatte er weiß streichen und mit einem blauen Rande versehen lassen; und damit es mehr herrenmäßig aussah, wenn er am Steuerruder saß, hatte er sich aus einer alten Gardinenschnur eine Talje gemacht; nun konnte er beim Steuern gerade sitzen. Auch hatten sich Rundqvist und Norman in marinemäßigem Rudern üben müssen, damit es stattlich aussah, wenn er angefahren kam.

Die Fahrt legten sie rasch zurück, da Neugier und Angst sie spornten. Als sie auf die Höhe des Roggenholms kamen, erstaunten sie über die Öde, die dort herrschte.

Es war still wie im Grabe und kein Mensch war zu sehen. Sie stiegen ans Land und kletterten die Steintreppe zur Grube hinauf. Das Haus des Verwalters war fort; alle Werkzeuge und Geräte verschwunden; nur die Kaserne, wie der Schuppen genannt wurde, stand auf ihrem Platz, aber ausgeräumt und geplündert; alles, was nicht niet- und nagelfest war, hatte man mitgenommen: Türen, Fenster, Bänke, Betten.

– Ich glaube beinahe, sie haben eingepackt! meinte Rundqvist.

– Es sieht so aus! erwiderte Carlsson und ließ wieder anspannen; aber dieses Mal ging's nach dem Badeort Dalarö; dort mußte ein Brief für ihn auf der Post liegen.

Ganz richtig, dort lag ein großer Brief vom Direktor, der verkündete, die Gesellschaft habe ihre Tätigkeit eingestellt, weil sich das Rohmaterial als untauglich erwiesen habe. Da Carlssons Forderung von viertausend Kronen sich gerade gegen die vierzig Aktien aufhebe, die er bisher noch nicht eingezahlt, so seien alle Geschäfte zwischen der Gesellschaft und Carlsson erledigt.

– Also um viertausend geprellt, dachte Carlsson. Nun, man muß sich zufrieden geben.

Er besaß die Natur eines Seevogels, wenn er auch vom Lande war; er schüttelte sich und war ebenso trocken wie vorher. Noch trockener fühlte er sich, als er in einer Nachschrift las, alles, was man zurückgelassen, falle den Inselbauern zu, wenn sie Lust hätten, es fortzuschaffen.

Etwas kleinlaut kam Carlsson wieder zu Hause an, einer Menge Geldes und eines ehrenvollen Titels beraubt.

Gustav wollte Salz in die Wunde streuen, aber Carlsson machte mit einer Gebärde einen großen Strich durch alles.

– Ach, das ist nicht der Rede wert! Darüber braucht man kein Wort zu verlieren.

Aber am nächsten Tage war er mit seinen drei Mann in voller Tätigkeit, um mit der großen Fähre Bretter und Ziegel vom Roggenholm zu holen.

Ehe man sich's versah, hatte er sich ein Sommerhäuschen von einem Zimmer nebst Küche errichtet; und zwar unten am Sunde, an einer Stelle, an die niemand gedacht, von der man aber eine Aussicht sowohl aufs Dorf wie aufs offene Meer hatte.

Der Sommer mit seinen luftigen Träumen war vorbei. Der Winter nahte; die Luft wurde schwerer, die Träume düsterer, und die Wirklichkeit nahm ein neues Aussehen an, heller für die einen, drohender für die andern.

Siebentes Kapitel

Carlsson wahrträumt; der Sekretär wird bewacht, aber der Tod kommt und macht einen Strich durch alles

Carlssons Ehe war, obwohl sie erst kurze Zeit bestand, nicht gewesen, was man glücklich nennt. Die Alte war bei Jahren, wenn auch nicht steinalt, und Carlsson stand im Begriff, in sein gefährliches Alter einzutreten. Bis zu seinen jetzt begonnenen vierzig Jahren hatte er sich abgearbeitet, um sein Brot zu verdienen und vorwärts zu kommen; und das Mädchen, das er hatte haben wollen, hatte er nicht bekommen. Jetzt, da er am Ziel war und ein ruhiges Alter vor sich sah, fing das Fleisch an zu pochen, vielleicht stärker als sonst, weil er im letzten Jahre nicht so streng gearbeitet hatte; vielleicht auch, weil er das Fleisch stärker gefüttert hatte, als es vertrug. Seine Gedanken begannen daher zu spielen, wenn er in der warmen Küche saß, und seine Augen gewöhnten sich daran, dem jungen Körper Claras zu folgen, wie sie aus und ein ging. Die Blicke blieben allmählich haften, ließen sich nieder und ruhten, machten kleine Ausflüge hierhin und dorthin, flogen fort, kamen wieder. Schließlich saß das Mädchen ihm im Auge: wohin er auch ging, immer sah er sie.

Aber eine andere, die sah auch; aber nicht Clara, sondern die Augen, die ihr folgten; und je mehr sie sah, desto mehr glaubte sie zu sehen; wie ein Gerstenkorn schlug es sich auf ihr Auge, das schmerzte und tränte.

Es war einige Tage vor Weihnachten. Es war dunkel geworden, aber der Mond war aufgegangen und schien klar über schneebedeckte Fichten, auf die blanke Bucht und den weißen Boden. Ein karger Nordwind trieb trockenen Schnee vor sich her.

In der Küche stand Clara und fegte den Backofen, während Lotte am Backtrog arbeitete. Carlsson saß in der Schrankecke, rauchte seine Pfeife und spann wie eine Katze in der Wärme. Seine Augen waren draußen auf Spiel und sie erwärmten sich und ergötzten sich, als sie auf Claras weißen Armen haften blieben, die aus dem Hemd herausragten.

– Willst du nicht erst melken, ehe wir heizen? fragte Lotte.

– Ja, das muß ich, antwortete Clara und zog eine Jacke aus Schafpelz an, nachdem sie Kratze und Besen fort gelegt hatte.

Dann steckte sie die Stallaterne an und ging hinaus.

Als sie gegangen war, stand Carlsson auf und ging nach.

Nach einer Weile kam die Alte aus der Stube und fragte nach Carlsson.

– Er ist Clara in den Stall nachgegangen, antwortete Lotte.

Ohne auf nähern Bescheid zu warten, nahm die Alte eine Laterne und ging auch hinaus.

Draußen blies ein scharfer Wind; aber sie wollte nicht umkehren, um sich etwas anzuziehen, da sie nur einen Steinwurf weit zu gehen hatte. Auf den Steinen rutschte sie aus und der Schnee wirbelte wie Mehlstaub, aber sie kam doch ziemlich schnell nach dem Stall und ging sofort zum Vieh hinein, wo es warm war. Dort stellte sie sich hin, um zu lauschen, und hörte, daß in der Schafhürde jemand flüsterte. In dem schwachen Mondschein, der durch die Spinngewebe und Heuhalme der Scheibe fiel, sah sie, wie die Kühe ihre Köpfe nach hinten drehten und sie mit großen, im Dunkel grün leuchtenden Augen anguckten. Der Schemel stand da und der Eimer auch. Aber nicht das wollte sie sehen; etwas anderes, etwas, das sie um alles in der Welt nicht hätte sehen mögen; etwas, das sie lockte wie eine Enthauptung; etwas, das das Leben aus ihr scheuchte.

Über die Streuhaufen ging sie durch den Kuhstall und kam zu den Schafen. Da war es dunkel und still; die Laterne stand da, sie war gelöscht, aber das Talglicht rauchte noch. Die Schafe standen auf und raschelten mit trockenen Laubzweigen. Nein, das wollte sie nicht sehen.

Sie ging weiter und kam zu den Hühnern; die waren auf ihre Pflöcke geflogen und glucksten etwas, als seien sie eben geweckt worden.

Die Tür stand offen, und sie kam wieder in den Mondschein hinaus. Zwei Paar Schuhe, ein kleineres und ein größeres, hatten Spuren im Schnee hinterlassen; diese Spuren waren blau in den Schatten, und sie führten nach der Hagtür, die abgehoben war. Sie ging nach, als werde sie von jemandem geschleppt; wie eine Kette lagen die Spuren am Boden; an dieser Kette war sie angemacht und wurde nun von einer unsichtbaren Stelle im Hag gezogen.

Und die Kette zog und zog, zog sie in denselben Hag, an demselben Zauntritt vorbei, unter dieselben Haselbüsche, wo sie ein anderes Mal, ein schreckliches Mal, eine Abendstunde erlebt hatte, an die sie sich nicht erinnern wollte. Jetzt standen die Haselbüsche nackt und trugen nur ihre neuen Knospen, die kleinen Kohlraupen glichen; an den Eichen raschelte das braune harte Laub im Winde, aber so dünn war das Laub, daß man die Sterne und den grünschwarzen Himmel sehen konnte.

Und immer weiter erstreckte sich die Kette; schlängelte sich durch die Fichten, die ihr Schnee auf ihr graues, dünnes Haar warfen, wenn sie gegen die Zweige kam; auf Hals und Rücken stäubte der Schnee, fiel über ihre gestreifte Bluse, kühlte und feuchtete.

Immer weiter und weiter gings in den Wald hinein; das Auerhuhn flog von seinem Nachtzweig auf und erschreckte sie; über Moore gings, deren Schollen schwankten; über Feldzäune, die krachten, wenn sie darüber setzte.

Zu Zweien liefen die Spuren, die eine klein, die andere groß, Seite an Seite, bald in einander tretend, bald um einander, als ob sie getanzt hätten; über Stoppelfelder, von denen der Schnee abgeweht war; über Steinhaufen und Gräben, über Buschzäune und Windbruch.

Sie wußte nicht, wie lange sie ging; aber ihr fror der Kopf und ihre Hände waren klamm; sie steckte die magern, roten Hände bald unter den Rock, bald blies sie darauf. Sie wollte umkehren, aber es war zu spät; auch war der Rückweg jetzt wohl ebenso weit, als wenn sie geradeaus ging. Also vorwärts durch ein Espenwäldchen, dessen letztes Laub zitterte und raschelte, als friere es im Nordwind.

Dann kam sie zu einem Zauntritt.

Der Mondschein war klar und scharf; sie konnte deutlich sehen, dort hatten sie gesessen. Sie sah den Eindruck von Claras Rock, von der Jacke mit der Schafpelzverbrämung.

Hier war es also gewesen! Hier! Sie zitterte in den Kniekehlen, fror, als sei ihr Blut Eis geworden; brannte, als habe sie kochendes Blut in den Adern. Erschöpft, setzte sich auf den Zauntritt nieder, weinte, schrie; plötzlich ward sie ruhig, stand auf und ging hinüber.

Auf der andern Seite lag die Bucht: blank, schwarz; und gerade gegenüber sah sie die Lichter in der Stuga und ein Licht oben im Stall. Der Wind wehte scharf und ging ihr durch den Rücken, zauste an den Haaren und vereiste die Nasenflügel. Halb laufend kam sie aufs Eis hinunter, hinauf auf die schwankende Fläche, hörte das trockene Schilf um ihre Ohren sausen, unter ihren Füßen knacken. Über eine eingefrorene Boje fiel sie nieder. Erhob sich wieder und lief weiter, als sei der Tod ihr auf den Fersen. Als sie das andere Ufer erreichte, fuhr sie mitten durchs Eis, das sich infolge des sinkenden Wasserstandes wie Fensterscheiben auf den Schlammboden gelegt hatte und unter ihrer Last klingend und krachend zerbrach. Sie fühlte, wie die Kälte die Beine hinauf stieg, aber sie wagte nicht zu schreien, damit niemand komme und frage, wo sie gewesen. Hustend, als wolle ihre Brust springen, schleppte sie sich aus der Wake, schlich sie die Höhe hinauf. Als sie ans Haus kam, ging sie unmittelbar aufs Bett zu, legte sich nieder und bat Lotte, Feuer im Herd zu machen und Fliedertee aufzusetzen.

Sie ließ sich die Kleider ausziehen, Decke und Schaffelle über sich werfen; ließ den Ofen mit Knüppelholz heizen, fror aber doch unaufhörlich.

Schließlich ließ sie Gustav rufen, der in der Küche saß.

– Bist du krank, Mutter? fragte er mit seiner gewöhnlichen Ruhe.

– Jetzt bin ich's, antwortete die Alte pustend, und ich komme nie wieder auf. Schließ die Tür und geh an den Sekretär. Der Schlüssel liegt hinter dem Pulverhorn auf dem Fach; du weißt doch!

Gustav gehorchte niedergeschlagen.

– Öffne die Klappe; zieh die dritte Schublade linker Hand und nimm den großen Brief ... Ja, den ... Wirf ihn ins Feuer.

– Schließ die Tür, mein Junge, und mach den Sekretär zu! Steck den Schlüssel zu dir! Setz dich hierher und hör mich an; denn morgen kann ich nicht mehr sprechen.

Gustav setzte sich, weinte ein wenig, denn jetzt hörte er, daß es ernst war.

– Wenn ich die Augen zumache, so nimm das Petschaft deines Vaters, du hast es selbst, und versiegele alle Schlüssellöcher, bis die Gerichtsherren kommen.

– Und Carlsson? fragte der Sohn zögernd.

– Der kriegt sein Altenteil; das wird ihm wohl niemand nehmen! Aber nicht mehr; und kannst du's auslösen, so tu es! Gott sei mit dir, Gustav! Du hättest wohl auf meine Hochzeit kommen können; aber du hast wohl deine Gründe gehabt. Und jetzt, wenn ich reise, mußt du verständig sein. Kein Sarg mit silbernem Schild; du nimmst solch einen gelben, gebeizten; und nicht viel Menschen; aber Glocken will ich haben. Will der Pastor einige Worte sprechen, so mag er; du kannst ihm dafür Vaters Meerschaumkopf mit dem Silber geben und seiner Frau ein halbes Schaf. Und dann, Gustav, schau, daß du dich bald verheiratest. Nimm ein Mädchen, das du liebst und halte dich zu ihr; aber nimm eine aus deinem Stande; und hat sie Geld, so schadet es nichts! Aber nimm keine, die unter dir steht; die fressen dich nur auf wie Läuse; und gleich und gleich gesellt sich gern. Willst du mir jetzt etwas vorlesen, so will ich sehen, ob ich einschlafen kann.

Die Tür öffnete sich, und Carlsson schlüpfte herein, weich, aber zuversichtlich.

– Bist du krank, Anna Eva? fragte er kurz; dann wollen wir nach dem Doktor schicken.

– Das ist nicht nötig, antwortete die Alte und drehte sich nach der Wand.

Carlsson ahnte den Zusammenhang und wollte wieder gut Freund werden.

– Bist du böse auf mich, Anna Eva? Ach was, man wird doch nicht um nichts und wieder nichts böse werden! Soll ich dir aus dem Buche vorlesen?

– Ist nicht nötig! war alles, was die Alte antwortete.

Carlsson merkte, daß hier nichts mehr zu machen war; da er unnütze Arbeit nicht liebte, nahm er die Sache, wie sie war, und setzte sich auf das Holzsofa, um zu warten. Da die geschäftliche Lage klar war und die Alte nicht Lust oder nicht Kraft hatte, sich mitzuteilen, so war nichts mehr hinzuzufügen; und was Gustav und ihn betraf, das würden sie später schon mit einander abmachen.

Einen Arzt zu holen, daran dachte niemand, denn die Leute waren es gewohnt, allein zu sterben; auch war jede Verbindung mit dem Festland unterbrochen.

Zwei Tage lang bewachten Gustav und Carlsson die Kammer und einander. Wenn der eine auf einem Stuhl oder dem Sofa einschlummerte, machte auch der Andere mit einem Auge ein Schläfchen. Sobald sich aber jemand rührte, fuhr der Andere wieder in die Höhe.

Am Morgen vor Weihnachten war Frau Carlsson tot.

Gustav hatte ein Gefühl, als sei die Nabelschnur jetzt erst durchschnitten; als sei er jetzt erst vom Mutterleib frei und ein selbständiger Mann geworden. Nachdem er seiner Mutter die Augen zugedrückt und ihr das Gesangbuch unter das Kinn gelegt hatte, damit der Mund nicht klaffe, steckte er in Carlssons Gegenwart ein Licht an, holte Petschaft und Lack und versiegelte den Sekretär.

Die unterdrückten Leidenschaften erwachten; Carlsson trat vor und stellte sich mit dem Rücken gegen den Sekretär.

– Hollah, was machst du da, Junge? fragte er.

– Ich bin jetzt kein Junge mehr, antwortete Gustav; ich bin jetzt Herr auf Hemsö, und du bist Altsitzer.

– Dazu gehören wohl zwei! meinte Carlsson.

Gustav nahm die Flinte von der Wand, zog den Hahn auf, daß das Zündhütchen zu sehen war; trommelte auf den Kolben und brüllte zum ersten Male in seinem Leben:

– Hinaus! Sonst drücke ich los!

– Drohst du?

– Ja, da keine Zeugen da sind! antwortete Gustav, der in letzter Zeit mit Leuten vom Gericht gesprochen zu haben schien.

Das war Bescheid und den verstand Carlsson.

– Warte du nur, bis die Teilung stattfindet, sagte er und ging in die Küche hinaus.

Der Weihnachtsabend war in diesem Jahre düster. Eine Leiche im Hause und keine Möglichkeit, nach Sarg und Leichenkleid zu schicken; denn der Schnee fiel unaufhörlich, daß Strömungen und Meeresflächen weder trugen noch brachen. Ein Boot in die See zu bringen, war unmöglich, denn das Wasser war ein einziger Eisschlamm, der weder rudern noch fahren noch gehen erlaubte.

Carlsson und Flod, wie Gustav sich jetzt nennen ließ, gingen um einander herum; aßen zusammen zu Tisch, ohne ein Wort mit einander zu wechseln. Das Haus war in Unordnung; niemand setzte die Arbeit in Gang; jeder verließ sich auf den Andern; so blieb die meiste Arbeit ungetan.

Der Weihnachtstag begann, grau, neblig; wieder schneite es. Nach der Kirche zu kommen, war ebenso unmöglich, wie irgend wohin zu kommen; darum las Carlsson die Predigt in der Küche. Man wußte, daß man eine Leiche im Hause hatte, und keine Weihnachtsfreude kam auf. Das Essen war nachlässig zubereitet; nichts zur rechten Zeit fertig, und alle waren mißvergnügt. Es lag etwas Dumpfes in der Luft, sowohl draußen wie drinnen; und da die Leiche der Alten in der Stube stand, weilten alle in der Küche. Es war wie eine Einquartierung. Wenn man nicht aß oder trank, schlief man, einer auf dem Sofa, einer auf dem Bett; zum Kartenspiel zu greifen oder die Handharmonika vorzunehmen, fiel niemandem ein.

Der zweite Weihnachtstag kam und verging, ebenso schwer, ebenso langweilig. Jetzt aber verlor Flod die Geduld. Einsehend, daß eine Zögerung schlimme Folgen haben könne, da die Leiche sich zu verwandeln begann, nahm er Rundqvist mit in den Arbeitsschuppen. Dort tischlerten die beiden einen Sarg, der dann gelb gestrichen wurde. Was man im Hause auftreiben konnte, in das wurde die Tote gehüllt.

So war der fünfte Tag gekommen.

Da das Wetter keine Zeichen gab, daß es sich bessern werde, und man die Aussicht hatte, vierzehn Tage warten zu müssen, mußte man um jeden Preis versuchen, die Leiche nach der Kirche zu schaffen, um sie in die Erde zu bringen. Man schob also das große Netzboot in die See, und alle Mannsleute rüsteten sich zu einer Eisbootsfahrt mit Schlittenkufen, Eispickeln, Beilen und Stricken.

Früh am sechsten Tage begaben sie sich auf die lebensgefährliche Fahrt.

Bald war eine Strömung offen; dann ruderte man. Dann kam man an eine Fläche, die unterm Eise lag; da mußte man das Boot auf die Schlittenkufen schieben; wenn das gelungen war, mußte man sich vorspannen und ziehen. Am schlimmsten war es im Eisschlamm; da patschten die Ruder nur auf und nieder, ohne daß das Boot mehr als einige Zoll weiter kam. Oft mußte man vorausgehen und eine Rinne mit Eispickeln und Beilen hauen; aber wehe dem, der sich verhieb und aus der Rinne herauskam, wo eine Strömung die dünne Kruste zerfressen hatte.

Es war Nachmittag geworden, und noch hatten sie sich nicht die Zeit zum Essen und Trinken genommen; noch war die letzte freie Meeresfläche zurückzulegen. So weit sie sehen konnten, öffnete sich ein einziges großes Schneefeld, hier und dort mit kleinen runden Erhöhungen; das waren eingeschneite Kobben. Der Himmel war blauschwarz im Osten und verkündete Schnee. Die Krähen kamen von draußen angeflattert und zogen ins Land hinein, um ihren Nachtzweig zu suchen. Zuweilen dröhnte das Eis, als sei Tauwetter im Anzuge, und draußen auf dem offnen Meere brüllten die Seehunde. Die Eisfläche lag östlich nach dem Meere zu offen, aber es war keine Meerwake zu sehen. Verdächtig war aber, daß sie die Eisente »alla« rufen zu hören glaubten. Da sie vierzehn Tage lang keine Zeitung bekommen hatten, wußten sie nicht, ob die Leuchttürme brannten; aber zwischen Weihnachten und Neujahr brannten sie sicher nicht.

– So geht's nicht weiter! äußerte Carlsson, der bisher still gewesen war.

– Es muß gehen, sagte Flod und stemmte die Schulter gegen den Schlitten; aber wir müssen auf der Möwenklippe landen, um etwas Essen zu uns zu nehmen.

Und damit steuerte man auf die Klippe zu, die mitten in der freien Meeresfläche lag.

Sie war indessen entfernter, als man geglaubt hatte; und sie änderte ihr Aussehen, je näher man kam; schließlich aber hatte man sie auf Kabellänge vor sich.

– Wuhne voraus! schrie Norman, der Ausguck hatte; nach links halten!

Die Schlittenkufen machten eine Schwenkung nach links. Immer weiter nach links; schließlich hatte man die Klippe umgangen. Infolge der letzten Sonnenwärme oder der warmen Grundströmung hatte die Klippe sich selber abgeschnitten und schien von keiner Seite zu erreichen zu sein, wenigstens nicht auf Schlittenkufen.

Die Dämmerung fiel, guter Rat war teuer; Flod, der den Befehl hatte, entwarf sofort einen Angriffsplan: das Boot sollte in die Wuhne geschoben werden, und im selben Augenblick sollten sich alle Mann hineinwerfen und an die Ruder setzen.

Gesagt, getan.

– Eins, zwei, drei! befahl Flod.

Das Boot schoß vor, ließ die Schlittenkufen zurück, kippte – und der Sarg rutschte in die See.

Aus Schreck vergaßen Flod und Carlsson, die hinten waren, ins Boot zu springen und blieben auf dem Rand des Eises stehen, während Rundqvist und Norman sich retteten.

Der Sarg war schlecht gefügt, füllte sich mit Wasser und sank, ehe jemand soweit zur Besinnung kam, um an etwas Anderes als sich selbst zu denken.

– Jetzt gehen wir sogleich nach der Pfarre! befahl Flod, der heute mehr handelte als überlegte.

Carlsson machte Einwendungen; aber auf Gustavs Frage, ob er lieber die ganze Nacht hier stehen wolle, konnte er nichts erwidern, zumal er sah, daß keine Aussicht war, die Kobbe zu erreichen.

Rundqvist und Norman arbeiteten sich inzwischen ans Land und schrien den Kameraden zu, nachzukommen. Flod aber antwortete nur, indem er mit der Hand Abschied winkte und nach Süden zeigte, wo die Pfarre lag.

Eine lange Weile wanderten Carlsson und Flod still dahin; Gustav voran mit dem Eispickel, um zu prüfen, ob das Eis hielt; Carlsson hinterdrein, den Rockkragen in die Höhe geschlagen. Ihm war schauerlich zu Mut, da seine Frau ein so schnelles und klägliches Ende gefunden; die Schuld dafür würde man sicher auf ihn schieben.

Als sie eine halbe Stunde gegangen waren, blieb Gustav stehen, um zu verschnaufen. Dann blickte er nach Riffen und Ufern, um zu sehen, wo er sich befand.

– Zum Teufel, wir sind verkehrt gegangen! brummte er; das war ja gar nicht die Möwenklippe; die liegt ja dort! Und er zeigte nach Osten. Und dort haben wir die Kiefer von Gillöga.

Auf einer langgestreckten Insel nach der Landseite zu stand eine einsame Kiefer, die von einer abgeholzten Waldhöhe übrig geblieben war und mit ihren beiden einzigen Ästen einem optischen Telegraphen glich; sie war als Seezeichen oder Landmarke bekannt.

– Und dort haben wir die Trälschäre.

Er sprach zu sich selbst und schüttelte den Kopf.

Carlsson wurde bange, denn er war in diesem Inselmeer nicht zu Hause und hatte zu Gustavs Wissen unbegrenztes Vertrauen gehabt.

Flod hatte inzwischen Besteck genommen, änderte den Kurs und setzte sich mehr nach Süden in Bewegung.

Die Dämmerung war gekommen, aber der Schnee leuchtete etwas, daß sie Landmarke halten konnten. Sie sprachen kein Wort, aber Carlsson hielt sich dicht hinter seinem Führer.

Plötzlich blieb dieser stehen und lauschte. Carlssons ungewohntes Ohr hörte nichts, aber Gustav vernahm ein schwaches Rauschen von der Ostseite, wo eine Wolkenwand, dichter und schwärzer als der Nebelschleier, der den Gesichtskreis verhüllte, aufgestiegen war.

Sie standen eine Weile still, bis Carlsson ein schwaches Brausen und Rauschen hören konnte, das sich näherte.

– Was ist das? fragte er und trat dichter an Gustav heran.

– Das ist die See! antwortete der. In einer halben Stunde ist der Ostwind hier mit einem Schneesturm, und wenns schlimm kommt, bricht das Eis auf. Dann weiß der Teufel, was aus uns wird. Nur schleunigst weiter!

Er fing an zu laufen; Carlsson hinter ihm drein; der Schnee wirbelte ihnen um die Füße und das Brausen schien ihnen zu folgen.

– Jetzt ist es aus mit uns! schrie Gustav und blieb stehen, auf ein Licht zeigend, das in Südost hinter einer Kobbe blitzte. Der Leuchtturm brennt! Die See geht offen!

Carlsson verstand die Gefahr nicht, aber er sah ein, daß es schlimm stand, wenn Gustav zitterte.

Jetzt hatte der Ostwind sie gefaßt; aus der Entfernung eines Steinwurfs konnten sie die Schneewand kommen sehen, wie einen dunkeln Schirm; und gleich darauf waren sie von Schnee umgeben, der dicht, dicht fiel, und schwarz wie Ruß war. Es wurde ganz dunkel um sie und das Licht des Leuchtturms, das noch einen Augenblick bleich und undeutlich wie eine Nebelsonne ihnen den Weg gezeigt hatte, erlosch schließlich.

Gustav lief in starkem Trab weiter. Carlsson folgte, so gut er konnte; aber er war ziemlich fett und konnte nicht gleichen Schritt halten, kam außer Atem; bat Gustav, langsamer zu laufen: der aber hatte keine Lust, sich zu opfern, sondern lief, lief ums Leben. Carlsson packte ihn am Rockschoß, bettelte und flehte, er möge ihm nicht fortlaufen; versprach Gold und grüne Wälder, beschwor ihn bei seiner Seligkeit und Pein, aber nichts half.

– Jeder für sich und Gott für uns alle! antwortete Gustav und bat Carlsson, sich einige Schritte von ihm entfernt zu halten, sonst könne das Eis brechen.

Das schien es auch zu tun, denn hinter ihnen krachte es immer mehr und mehr. Was schlimmer war, das Brausen näherte sich jetzt so deutlich, daß man hörte, wie die Wellen gegen Riffe und Eisrand schlugen; auch waren die Möwen erwacht und schrien nach unerwarteter Beute.

Carlsson keuchte und schnaubte; der Abstand zwischen ihm und Gustav vergrößerte sich; schließlich befand er sich allein in der Finsternis. Da blieb er stehen, suchte nach den Spuren, fand keine; rief, aber bekam keine Antwort. Das war die Einsamkeit, die Finsternis, die Kälte, das Wasser, das den Tod brachte.

Von Furcht aufgejagt, setzte er sich noch ein Mal in Bewegung; lief so, daß die Schneeflocken zurückblieben, obwohl sie dieselbe Richtung wie er hatten; dann rief er wieder.

– Dem Wind folgen, dann kommt Ihr westlich ans Land! hörte er eine fliehende Stimme aus der Finsternis; dann ward es wieder still.

Bald aber hatte Carlsson keine Kräfte mehr, um laufen zu können. Mutlos verlangsamte er seinen Lauf, ging Schritt vor Schritt, ohne Widerstand leisten zu können, während er die See hinter sich kommen hörte, brausend, prustend, ächzend, als sei sie eigens auf nächtlichen Raub ausgezogen.

Pastor Nordström hatte sich um acht Uhr ins Bett gelegt, um seine Zeitung zu lesen; dann war er in einen schweren Schlaf gesunken. Aber gegen elf Uhr fühlte er den Ellbogen seiner Alten in der Seite und hörte sie rufen.

– Erich! Erich! hörte er im Schlaf.

– Was ist denn? Kannst du nicht ruhig sein! knurrte er halbwach.

– Ruhig? Bin ich etwa nicht ruhig!

Langatmige Erklärungen fürchtend, beeilte sich der Pastor zu beteuern, er sei von ihrer Ruhe überzeugt, machte mit einem Streichhölzchen Feuer und fragte, was los sei.

– Es ruft jemand im Garten! Hörst du nicht?

Der Pastor lauschte und setzte die Brille auf, um besser hören zu können.

– Ja, wahrhaftig! Wer ... kann das sein?

– Geh doch und sieh nach! antwortete seine Frau und gab dem Alten einen neuen Stoß.

Der Pastor zog Unterhosen und Pelz an, schob die Füße in seine Überschuhe, nahm die Flinte von der Wand und setzte ein Zündhütchen darauf, schüttelte das Zündpulver hinein und ging hinaus.

– Wer da? rief er.

– Flod! antwortete eine dumpfe Stimme hinter der Fliederhecke.

– Was ist denn los, daß du so spät kommst? Liegt die Alte in den letzten Zügen?

– Noch schlimmer! klang Gustavs mitgenommene Stimme. Wir haben sie verloren.

– Verloren?

– Ja, auf der See haben wir sie verloren.

– Aber komm doch in aller Welt herein und steh nicht da in der Kälte!

Gustav sah beim Lichtschein wie ein ausgeblasenes Ei aus, da er den ganzen Tag weder gegessen noch getrunken und außerdem wie ein Hund mit dem Ostwind hatte um die Wette laufen müssen.

Nachdem er dem Pastor in einem Atem den ganzen Verlauf erzählt hatte, ging dieser zu seiner Alten hinein; nach einem kleinen Sturm, der einige Minuten dauerte, erhielt er den Schlüssel zu einem gewissen Schrank in der Küche, in die er den Schiffbrüchigen führte.

Bald saß Gustav an dem großen Küchentisch, während der Pastor Branntwein, Schmalz, Preßsülze, Brot hervorholte und dem Ausgehungerten vorsetzte.

Darauf beriet man, was man für die Gestrandeten tun könne. Jetzt in der Nacht Leute aufzubieten und hinauf zu fahren, war verlorene Mühe; Feuer am Strande anzuzünden, war gefährlich, weil das Fahrzeuge irreführen konnte, wenn der Schein überhaupt durch den Schneesturm drang.

Um Rundqvist und Norman auf der Kobbe stand es nicht so gefährlich, aber schlimmer war es um Carlsson bestellt. Gustav glaubte nämlich zu wissen, das Meer sei aufgebrochen und Carlsson verloren.

– Es sieht gerade so aus, als müsse er für seine Taten büßen, meinte er.

– Hör mal, Gustav, wandte Pastor Nordström ein, ich finde, du bist ungerecht gegen Carlsson; und ich weiß nicht, was du mit bösen Taten meinst. Wie sah der Hof aus, als er kam? Hat er ihn dir nicht in die Höhe gebracht? Hat er dir nicht Sommergäste verschafft und dir eine neue Stuga gebaut? Und daß er sich mit der Witwe verheiratet hat? Sie wollte ihn ja haben. Daß er sie bat, das Testament zu machen, war noch kein Unrecht von ihm; daß sie es aber tat, war von ihr nicht wohl überlegt. Carlsson war ein flinker Kerl und hat alles getan, was du tun wolltest, aber nicht konntest! Was? Willst du vielleicht nicht, daß ich für dich um die Witwe von Owassa mit ihren achttausend Reichstalern freien soll? Nein, hör mal, Gustav, du mußt nicht so strengsein! Man kann die Menschen von verschiedenen Gesichtspunkten betrachten!

– Mag sein; aber der Mutter hat er jedenfalls das Leben genommen; und das vergesse ich ihm nie.

– Ach was, das hast du vergessen, wenn du zu deiner Frau ins Bett kriechst! Und es ist noch gar nicht einmal sicher, ob Carlsson ihr wirklich das Leben genommen hat. Hätte die Alte sich zum Beispiel etwas angezogen, als sie an jenem Abend hinauslief, so hätte sie sich nicht erkältet. Daß er, der junge Kerl, mit dem Mädchen schäkerte, wäre allein ihr wohl nicht so nahe gegangen. So, damit wären wir jetzt im Reinen; nun wollen wir morgen früh sehen, was zu machen ist. Wir haben Sonntag und die Leute kommen in die Kirche, dann brauchen wir sie nicht erst aufzubieten! Geh jetzt schlafen und denke daran: des einen Tod ist des andern Brot.

Am folgenden Morgen, als die Leute vor der Kirche erschienen, kam Pastor Nordström in Begleitung Flods. Statt in die Kirche zu gehen, blieb er in der Menge stehen, die bereits zu wissen schien, was geschehen war. Nachdem er mitgeteilt hatte, daß der Gottesdienst ausfalle, forderte er alle Mannsleute auf, sich mit ihren Booten, so schnell sie könnten, an der Pfarrbrücke zu versammeln, um die Schiffbrüchigen zu bergen.

In der Menge mußte der Fremdling Carlsson Feinde haben, wohl infolge von Gemeindesachen, denn im Hintergrunde murrte man und behauptete, das Gotteswort nicht entbehren zu können.

– Ach was, wandte der Pastor ein; so viel liegt euch nicht daran, meine Schelte anzuhören, wenn ich euch recht kenne. Was? Was sagst du, Owassaer, du bist ja solch ein Schriftgelehrter, daß du gleich hörst, wenn ich mit meinen Predigten wieder von vorne anfange.

Ein leises Lächeln ging durch den Haufen, und die Bedenken waren zur Hälfte gehoben.

– Wir haben übrigens in acht Tagen wieder Sonntag; dann kommt und bringt eure Weiber mit; ich verspreche, euch dann die Köpfe zu waschen, daß es für ein Vierteljahr vorhält. Seid ihr nun einverstanden, daß wir den Esel aus dem Brunnen ziehen?

– Ja, murmelte die Menge, als habe sie Absolution für Entweihung des Sabbaths erhalten.

Dann trennte man sich, um nach Haus zu gehen und sich umzuziehen.

Das Schneegestöber hatte aufgehört, der Wind war nach Norden herum gegangen, und es herrschte kaltes, klares Wetter. Das Meer ging offen, wallte blauschwarz um die blendendweißen Kobben.

Zehn Netzboote stießen von der Pfarrbrücke ab. Die Männer hatten Pelzröcke an und Seehundsmützen auf, brachten Beile und Dregganker mit. An Segeln war nicht zu denken; man hatte die Ruder bemannt. Der Pastor saß mit Gustav im ersten Boot, das von vier der steifsten Kerle gerudert wurde, und hatte den Bootsmann Rapp als Ausguck und vordersten Ruderer mitgenommen.

Man war ernst gestimmt, aber nicht übermäßig traurig; ein Menschenleben mehr oder weniger zählt auf See nicht.

Die See ging ziemlich hoch; das Wasser, das ins Boot kam, fror sofort, mußte aufgehauen und hinaus geworfen werden. Zuweilen kam eine Eisscholle angeschwommen, schrapte gegen den Bootsbord, tauchte unter und kam wieder in die Höhe; oft mit eingefrorenem Schilf, Laub, Holz, das von den Ufern losgerissen war.

Der Pastor spähte mit seinem Fernglas nach der Trälschäre, auf der Rundqvist und Norman gefangen saßen. Bald warf er einen hoffnungslosen Blick aufs Meer hinaus, in dem Carlsson wahrscheinlich ertrunken war; bald forschte er nach einer Spur auf den treibenden Eisschollen, nach einem Fuß, einem Kleidungsstück oder der Leiche selbst. Aber vergebens.

Nachdem man einige Stunden gerudert hatte, näherte man sich der Schäre. Rundqvist und Norman hatten schon von weitem die Entsatzflotte entdeckt und Freudenfeuer am Ufer angezündet. Als die Boote anlegten, zeigten sie mehr Neugier als Erregung, denn in eigentlicher Lebensgefahr waren sie nicht gewesen.

– Nicht, solange man Land unter sich hat! meinte Rundqvist.

Da der Tag kurz war, begann man sofort das Boot zu heben und nach dem Sarg zu dreggen.

Rundqvist konnte genau auf den Fleck zeigen, wo der Sarg lag, denn er hatte Meerleuchten im Wasser gesehen. Man zog Mal auf Mal, aber ohne etwas anderes in die Höhe zu bringen als lange Tangranken mit Muscheln und anderm Getier; man dreggte den ganzen Vormittag, aber ohne Erfolg.

Die Leute fingen an, müde und verdrießlich zu werden. Einige waren an Land gegangen, um einen Schnaps zu trinken, ein Butterbrot zu essen, Kaffee zu kochen.

Schließlich erklärte Gustav, er glaube, es sei nichts weiter zu machen, da die Strömung den Sarg wahrscheinlich in die Tiefe gezogen habe.

Da niemandem viel daran lag, die Leiche zu heben, und die Sache, streng genommen, keinen persönlich anging, empfand man eine gewisse Erleichterung, daß man sich nicht gefühllos gegen fremden Kummer zu zeigen brauchte.

Um indessen dieses kägliche Ende einigermaßen abzurunden, trat Pastor Nordström an Flod heran und fragte, ob er eine Andacht für die Alte halten solle. Das Buch habe er mit, und ein Kirchenlied könnten die Leute wohl auswendig. Gustav nahm den Vorschlag mit Dankbarkeit an und teilte ihn den Andern mit.

Die Sonne war dabei, ihre kurze Bahn zu beenden, und die Kobben lagen in rosenroter Beleuchtung da, als sich die Leute am Strande versammelten, um der den Umständen angepaßten Beerdigung beizuwohnen. Der Pastor stieg, von Gustav begleitet, in ein Boot, ging in den Achtersteven, nahm sein Buch, steckte sein Taschentuch zwischen die Finger der linken Hand und entblößte seinen Kopf, während alle Männer am Strande die Mützen abnahmen.

– Wollen wir »Ich bin ein Gast auf Erden« nehmen? Könnt ihr das auswendig? fragte der Pastor.

– Ja! wurde vom Strande geantwortet.

Und dann stieg der Gesang empor, zuerst vor Kälte zitternd, dann vor Bewegung über das Ungewöhnliche in der Feier und über die ergreifenden Töne in dem alten Lied, das so viele zur letzten Ruhe begleitet hatte.

Die letzten Worte waren verklungen und hallten wider über das Wasser, gegen die Schären, durch die klare Luft. Eine Pause entstand, während der man nur hörte, wie der Wind in den Nadeln der Meerkiefern rauschte, wie die Wogen an den Steinen plätscherten, die Möwen schrien, die Boote gegen den Boden stießen. Der Pastor wandte sein greises, gefurchtes Gesicht nach dem Meer hinaus; die Sonne beleuchtete seinen kahlen Kopf, dessen graue Haarsträhnen vom Winde wie die Hängeflechten einer alten Fichte gezaust wurden.

– Von Erde bist du gekommen, zu Erde sollst du wieder werden! Jesus Christus unser Erlöser wird dich auferwecken am jüngsten Tage! Laßt uns beten! begann er mit seiner tiefen Stimme, die gegen Wind und Welle kämpfte, um gehört zu werden.

In ein Vaterunser klang die Beerdigung aus. Nach dem Segen streckte der Pastor die Hand über das Wasser zu einem letzten Lebewohl.

Man setzte die Mützen wieder auf. Gustav drückte dem Pastor die Hand und dankte ihm, schien aber noch etwas auf dem Herzen zu haben.

– Herr Pastor, ich finde doch ... Carlsson müßte auch einige Worte haben!

– Es war für beide, mein Junge! Es ist jedenfalls schön von dir, an ihn zu denken, antwortete der Alte, der gerührter zu sein schien, als er wahr haben wollte.

Die Sonne ging unter; man mußte sich trennen, um nach Hause zu fahren, so schnell man konnte.

Aber man wollte dem Flod noch eine letzte Aufmerksamkeit erweisen; nachdem man Abschied genommen hatte und alle in ihren Booten waren, folgte man ihm ein Stück Weges, formierte dann die Boote in einer Linie, wie beim Netzlegen, grüßte mit den Rudern und rief:

– Lebwohl!

Es war eine Huldigung für die Trauer, aber auch für den jungen Mann, der jetzt in die Reihe der reifen Männer aufgenommen war.

Und sein eigenes Boot steuernd, ließ sich der neue Herr des Hofes von seinen Knechten nach Hause rudern, um von nun an sein eignes Fahrzeug über die windigen Flächen und grünen Sunde des launenhaften Lebens zu lenken.